월 드 클 래 식 라 이 팅 북

필사의 힘

루이스 캐럴처럼 【이상한 나라의 앨리스】 따라쓰기

20___년 ___월 _____ 필사하다

월 드 클 래 식 라 이 팅 북

필사의 힘

루이스 캐럴처럼【이상한 나라의 앨리스】따라쓰기

미르북
컴퍼니

"오늘도 일곱 자루의 연필을 해치웠다.
필사 하십시다, 지금 당장!"

필사는 "손가락 끝으로
고추장을 찍어 먹어 보는 맛!"

시인 안도현

아동 문학에 한 획을 그은 천재 작가의 작품
루이스 캐럴의 《이상한 나라의 앨리스》 따라쓰기

영국의 수학자 루이스 캐럴은 옥스퍼드의 크라이스트 처치 대학에서 연구원으로 일하고 있었습니다. 그러던 어느 날 대학 학장이었던 헨리 리델의 세 딸이 나타나 그에게 재미있는 이야기를 해 달라고 조르게 되지요. 아이들의 성화에 못 이겨 시작한 이야기는 점차 신비의 세계로 빠져들었습니다. 몇 해 뒤 수학자는 아이들에게 들려줬던 이야기를 책으로 펴냈습니다. 이것이 바로 오늘날까지 전 세계 아이들에게 사랑받고 있는 환상 동화 《이상한 나라의 앨리스》의 시작입니다.

사실 《이상한 나라의 앨리스》에 대한 분석과 논쟁은 훨씬 다양하게 이뤄져 왔습니다. 빅토리아조의 시대 상황과 맞물리면 대부분의 문장들에 숨은 의미가 부여되어 있을 정도니까 말이죠. 게다가 작가의 기인적 삶까지 퍼즐 맞추듯 끼워 넣으면 그 어떤 철학서보다 복잡한 상징들로 구성된 소설이기도 합니다. 하지만 결국 이 이야기는 어린이를 위한 동화

이며, 절묘하게 빚어진 농담 덩어리입니다.

심심하고 따분한 날을 보내던 앨리스는 흰 토끼를 쫓아 이상한 나라로 들어갑니다. 그곳에서 앨리스는 기묘하고 놀라운 일들을 체험하지요. 거인처럼 키가 커지거나 작아져서 당혹스러운 상황에 처할 뿐만 아니라 담배 피우는 애벌레, 체셔 고양이 등 희한한 동물들과 만나 이야기를 나누기도 합니다. 이상한 나라에서 이상한 경험들을 한 앨리스는 과연 무사히 집으로 돌아갈 수 있을까요?

신기하고 재미있는 이야기뿐만 아니라 이 책에 실린 존 테니얼의 삽화도 읽는 재미를 더해줍니다. 상상 속에 존재하는 환상의 동물들을 실감나게 그렸다는 평을 받고 있는 그의 그림을 따라 그리거나 색칠하는 것도 이야기에 직접 참여할 수 있는 또 다른 묘미가 될 것입니다.

자, 그럼 이제 펜을 손에 쥐고 앨리스의 뒤를 따라가 볼까요?

이렇게 따라써 보세요

눈으로 읽고 손으로 한 글자 한 글자 또박또박 써 내려 갑니다. 문장을 천천히 음미하면서 읽어 보세요. 그리 고 자신이 루이스 캐럴이 되었다고 생각하고 천천히 따라서 써 보세요. 《이상한 나라의 앨리스》를 따라 쓰기 하며 기발하고 유쾌한 상상력의 진면목을 체험 한다면 언어유희와 재치 넘치는 논리가 무엇인지 알 수 있게 됩니다. 지금 바로 펜을 들어 써 보세요. 필사 의 힘을 온몸으로 느끼실 수 있습니다. 따라쓰시다가 무척 마음에 드는 문구가 나오면 밑줄을 그어도 좋습 니다. 지금 바로 한 페이지를 채워 볼까요?

앨리스는 강둑 위에서 하릴없이 언니와 함께 놀고 있는 것이 점점 지겨워졌다. 언니가 읽고 있는 책을 한두 번 흘끗 들여다보기도 했지만 책에는 이루런 그림도 대화도 없었다. 앨리스는 속으로 생각했다.
'그림도 없고 대화도 없는 책이 도대체 뭐가 재미있지?'

그래서 앨리스는 데이지꽃으로 꽃다발을 만들면 어떤 재미가 있을지 생각해 보았다. (날씨가 무척이나 더운 탓에 졸리고 머리는 몽롱해서 애써 생각해 보려던 차이었다.) 그때, 갑자기 눈이 분홍색인 하얀 토끼가 앨리스 옆을 휙 스쳐 지나갔다.

그렇게 놀랄 만한 일은 아니었다. 게다가 토끼가 "이런, 큰일 났군! 너무 늦겠는걸!" 하고 중얼거리는 소리를 듣긴 했지만 앨리스는 그렇게 이상한 일이라고는 생각하지 않았다. (나중에 돌이켜 생각해 보니 정말 이상한 일이었는데 그때는 모든 일이 아주 자연스러워 보였다.)

하지만 토끼가 조끼 주머니에서 회중

울다니! 당장 뚝 그쳐!' (앨리스는 정말로 울고 있었다.)

그러나 앨리스는 서럽게 울고 울었다. 얼마나 많은 눈물을 흘렸는지 앨리스 주위에 약 4인치 정도 되는 깊이로 복도 절반 높이까지 웅덩이가 생겼다.

잠시 후 저 멀리 어디선가 후다닥 급하게 뛰어가는 발소리가 들렸다.

앨리스는 누가 오는 게 아닐까 싶어서 얼른 눈물을 닦고 소리 나는 쪽으로 고개를 돌렸다. 한껏 멋을 부리고 정장을 차려입은 흰 토끼가 한 손에는 하얀 가죽 장갑 한 켤레를, 다른 손에는 커다란 부채를 들고 급하게 뛰어서 줄어이고 있었다.

'아! 어쩌면 좋아! 늦었어! 늦으면 공작 부인이 무섭게 화를 낼 텐데.'

앨리스는 지푸라기를 잡는 심정으로 토끼가 가까이 다가오자 머뭇거리며 말했다.

"선생님, 죄송합니다만……."

그러나 흰 토끼는 앨리스 목소리에 깜짝 놀라 하얀 가죽 장

Q 따라쓰기를 하면 글쓰기 능력이 향상되나요?

A 네. 그렇습니다. 전반적으로 글쓰기 능력이 향상됩니다. 따라쓰기를 미술에 비유하자면 마치 화가 지망생이 명화를 따라 그리는 것과 같다고 생각하시면 됩니다.

뛰어난 문학 작품을 처음부터 끝까지 따라쓰게 되면 글쓴이가 사용한 어휘, 문장 부호, 문체 그리고 이것들이 모여 이루어진 문장을 자연스레 익히게 됩니다. 그러므로 글쓰기에 대한 자신감은 물론이고 전체적인 내용을 구성하는 능력까지 키울 수 있게 됩니다.

Q 소설 전체를 따라쓰는 것과 일부를 따라쓰는 것 중 어떤 것이 더 효과적인가요?

A 이번에도 미술에 비유해 보겠습니다. 요하네스 베르메르의 〈진주 귀걸이를 한 소녀〉를 좋아하는 화가 지망생이 그림 전체가 아닌 그림 일부분만을 따라 그렸다고 상상해 보십시오. 이 그림이 수백 년 동안 사랑받고 있는 이유는 소녀의 눈망울이 몹시 매혹적이기 때문입니다. 하지만 그림 전체가 아니라 소녀의 눈만 그린다면 눈 아래의 오똑한 코와 부드럽게 빛나는 붉은 입술은 볼 수 없을 테고 당연히 그림에서 깊은 감흥을 느낄 수 없습니다.

따라쓰기도 마찬가지입니다. 소설 전체를 따라 써야 문장의 장단점을 파악해 장점을 극대화하고 단점을 걸어 낼 수 있습니다. 특정 단락의 문장이 뛰어나다고 해도 그것은 어디까지나 완성된 한 편의 작품 속에서 다른 단락들과 조화를 이루어야 더욱 빛나는 것입니다.

Q 어떤 분이 이르기를 따라쓰기는 자신의 색깔을 잃을 수 있으니 지양해야 한다고 하는데 이 부분에 대해서 조언을 듣고 싶습니다.

A 뛰어난 문장가들의 문장을 따라쓰다 보면 비슷한 유형의 문장을 자신의 글을 쓸 때에도 쓰게 되는 경우가 생길 수 있습니다. 하지만 그것은 짧은 시기에 불과할 뿐이고 끊임없이 글쓰기 연습과 독서를 병행하면 자신만의 색깔을 찾을 수 있습니다.

Q 따라쓰기를 하면 정말 마음이 가라앉고 힐링이 되나요?

A 컬러링북에 색깔을 채워 나가다 보면 마음이 고요해지고 그것에 더욱 몰입할 수 있게 됩니다. 따라쓰기도 마찬가지입니다. 다만 한 가지 더 좋은 점이 있다면 글쓰기 능력도 향상된다는 것입니다.

Q 작가가 되고 싶은데 어느 정도로 따라쓰기를 해야 할까요? 하루에 얼마나 시간 투자를 하면 되는지 궁금합니다.

A 따라쓰기는 순전히 각자의 역량에 맞춰 할 수 있는 작업입니다. 그러니 너무 지치지 않을 정도로 쓰는 게 좋습니다. 다만 하루도 빠짐없이, 5분이라도 시간을 투자해서 매일 쓰는 것이 좋겠습니다. 이런저런 사정을 핑계로 띄엄띄엄 쓴다면 곧 지루해지고 중간에 포기할 가능성이 높아집니다.

Q 한국 작품이 아니라 외국 작품의 번역물을 선택해도 상관없는 건가요?

A 우리가 외국 작품을 읽을 때 번역본을 읽는 것처럼, 따라쓰기도 원문을 따라쓰기 어렵다면 번역본을 따라쓰는 것도 훌륭한 방법입니다. 다만 여러 개의 번역본을 비교해 보고, 쉽게 읽히거나 문체가 마음에 드는 번역본을 선택하는 것이 좋습니다.

이상한 나라의 앨리스

1. 토끼 굴속으로

앨리스는 강둑 위에서 하릴없이 언니와 함께 놀고 있는 것이 점점 지겨워졌다. 언니가 읽고 있는 책을 한두 번 힐끗 들여다보기도 했지만 책에는 아무런 그림도 대화도 없었다. 앨리스는 속으로 생각했다.

'그림도 없고 대화도 없는 책이 도대체 뭐가 재미있지?'

그래서 앨리스는 네이시꽃으로 꽃나발을 만들면 어떤 새미가 있을지 생각해 보았다. (날씨가 무척이나 더운 탓에 졸리고 머리는 몽롱해져 애써 생각해 보려던 참이었다.) 그때, 갑자기 눈이 분홍색인 하얀 토끼가 앨리스 옆을 휙 스쳐 지나갔다.

그렇게 놀랄 만한 일은 아니었다. 게다가 토끼가 "이런, 큰일 났군! 너무 늦겠는걸!" 하고 중얼거리는 소리를 듣긴 했지만 앨리스는 그렇게 이상한 일이라고는 생각하지 않았다. (나중에 돌이켜 생각해 보니 정말 이상한 일이었는데 그때는 모든 일이 아주 자연스러워 보였다.)

하지만 토끼가 조끼 주머니에서 회중

시계를 꺼내 보고서 서둘러 달려가는 모습을 보자 앨리스도 자리에서 몸을 일으킬 수밖에 없었다. 그제야 주머니가 달린 조끼를 입고 시계를 꺼내 보는 토끼를 본 적이 없다는 것을 깨달았다. 호기심이 생긴 앨리스는 들판을 가로질러 토끼의 뒤를 쫓아 뛰어갔다. 다행히 울타리 밑으로 나 있는 커다란 토끼 굴속으로 황급히 들어가는 모습이 눈에 들어왔다.

앨리스는 토끼 뒤를 따라 굴속으로 뛰어 들어갔다. 그 순간 그곳에서 어떻게 밖으로 나올지는 생각조차 하지 못했다.

토끼 굴은 터널처럼 한참 동안 쭉 뚫려 있다가 갑자기 아래로 푹 꺼졌다. 앨리스는 갑자기 밑으로 꺼져 버리는 바람에 멈칫할 새도 없이 깊고 깊은 굴속으로 떨어져 버렸다.

굴이 꽤나 깊은 것인지 아니면 떨어지는 속도가 아주 느린 것인지, 앨리스는 주위를 둘러보면서 어떤 일이 일어날까 궁금해할 정도로 여유가 있었다. 앨리스는 어디로 떨어지는지 알고 싶어서 아래를 내려다보았지만 너무 어두워 아무것도 보이지 않았다. 그래서 이번에는 옆을 보았는데, 그곳에는 찬장과 책장이 가득 들어차 있었으며 여기저기에 지도와 그림들이 걸려 있었다. 앨리스는 찬장에서 단지 하나를 집어 들었다. 단지에는 '오렌지 마멀레이드'라는 라벨이 붙어 있었는데, 실망스럽게도 속은 비어 있었다. 앨리스는 단지를 그냥 내버릴

수 없었다. 혹시 아래로 떨어지다가 누군가 맞아 죽게 되지 않을까 하고 걱정하며 가까스로 단지를 찬장에 밀어 넣었다.

앨리스는 속으로 생각했다.

"와! 이렇게 떨어지고 나면 계단에서 굴러떨어지는 일은 아무것도 아니겠는걸! 집에서 모두들 나를 얼마나 용감하다고 생각할까! 이제는 지붕에서 굴러떨어져도 아무 말도 하지 않을 거야!" (그런데 그것은 정말로 맞는 말이었다.)

아래로, 아래로, 아래로. 정말 끝없이 떨어지는 것일까?

앨리스는 큰 목소리로 말했다.

"도대체 얼마나 떨어졌을까? 분명히 지구 중심에 가까워지고 있을 거야. 그래, 거의 4,000킬로미터쯤 떨어진 것 같은데……." (앨리스는 수업 시간에 이런 종류의 여러 가지 지식을 배웠다. 지식을 뽐내기에 좋은 기회는 아니더라도, 그리고 이야기를 들어 줄 사람이 전혀 없어도 반복해서 말해 보는 것은 좋은 복습이 될 수 있었다.)

"그래, 그 정도의 거리쯤 될 거야. 그런데 이곳의 위도와 경도는 어떻게 될까?" (앨리스는 위도와 경도에 대해서는 하나도 몰랐지만 말하기에는 그럴싸하고 멋진 단어라고 생각했다.)

그리고 다시 이어 말했다.

"이러다가 지구를 뚫고 나가는 것은 아닐까! 거꾸로 걸어 다니는 사

람들 속으로 떨어진다면 얼마나 웃길까! 아마 그걸 '대축점'인가 '대척점'이라고 하겠지……."(이번에는 앨리스 스스로 생각하기에도 부적절한 단어를 말한 것 같아 듣고 있는 사람이 없다는 것에 기뻤다.)

"그래도 사람들에게 나라 이름이 무엇인지는 물어봐야겠지? 실례합니다. 아주머니, 여기가 뉴질랜드인가요, 아니면 오스트레일리아인가요?"(앨리스는 최대한 공손하게 무릎을 굽혀 인사를 하려고 했다. 그런데 상상해 보라! 공중에서 떨어지면서 그게 가능한 일이겠는가!)

"어쩌면 그런 것을 묻는 나를 아주 멍청한 바보라고 생각할지도 몰라! 그러니 절대 물어보지 말아야지. 아마 어딘가에 나라 이름이 적혀 있을 거야."

아래로, 아래로, 아래로. 떨어지는 동안 달리 할 일이 없던 앨리스는 다시 중얼거리기 시작했다.

"오늘 밤에 다이너가 날 무척 보고 싶어 하겠지!"(다이너는 앨리스가 기르는 고양이의 이름이다.)

"간식 시간에 누군가 다이너에게 우유를 챙겨 줘야 할 텐데. 귀여운 다이너! 나와 함께 있으면 얼마나 좋을까! 공중에는 쥐가 없어서 좀 그렇지만 박쥐를 잡을 수 있잖아. 박쥐는 쥐와 비슷하니까. 그런데 고양이가 박쥐를 먹기나 할까?"

조금씩 졸리기 시작한 앨리스는 마치 꿈을 꾸듯 계속해서 혼자 중

얼거리며 "고양이가 박쥐를 먹을까? 고양이가 박쥐를 먹을까?" 하다가 가끔씩 "박쥐는 고양이를 먹을까?" 하기도 했다. 어차피 앨리스가 답할 수 없는 문제였기 때문에 어떻게 물어도 마찬가지였다. 앨리스는 꾸벅꾸벅 졸고 있다는 느낌을 받았고 어느새 다이너의 손을 잡고 걷는 꿈을 꾸기 시작했다. 그러고는 아주 진지하게 말을 건넸다.

"자, 다이너, 솔직히 말해 봐. 너 박쥐를 먹어 본 적이 있니?"

바로 그때 갑자기 쿵! 쿵! 소리를 내며 앨리스가 나뭇가지와 나뭇잎 더미 위로 떨어졌다. 이제야 떨어지는 일이 끝난 것이다.

앨리스는 조금도 다치지 않았다. 벌떡 몸을 일으켜 위를 쳐다보았지만 깜깜하기만 했다. 앨리스의 앞으로 긴 통로가 나 있었고 하얀 토끼가 서둘러 내려가는 모습이 보였다. 머뭇거리고 있을 시간이 없었다. 앨리스는 바람처럼 획 하고 뒤를 따라갔다. 하얀 토끼가 모퉁이를 돌며 "오, 내 귀와 수염아! 너무 늦겠어!"라고 중얼거리는 소리를 들을 수 있었다.

앨리스는 모퉁이를 돌아 토끼를 바짝 뒤따라갔지만 토끼의 모습은 사라지고 없었다. 앨리스는 천장이 낮은 기다란 복도에 서 있었다. 천장에는 등불들이 일렬로 길게 매달려 복도를 밝히고 있었다.

복도에는 여러 개의 문이 나 있었지만 모두 잠겨 있었다. 앨리스는 복도 끝에서 끝까지 모든 문을 열어 봤다가 풀이 죽은 채 복도 가운데

로 걸어 나와 어떻게 해야 다시 나갈 수 있을지 곰곰이 생각해 보았다.

그때 세 발 달린 작은 탁자가 눈에 띄었다. 탁자는 전부 유리로 되어 있었고 그 위에 작은 황금 열쇠 하나가 덩그러니 놓여 있었다. 앨리스는 이 열쇠가 복도 안에 있는 문들 중 하나에 맞는 열쇠라는 생각이 들었다.

하지만 이를 어쩌나! 자물쇠가 너무 크거나 열쇠가 너무 작아 그 열쇠로 열 수 있는 문은 하나도 없었다. 그런데 다시 한 번 복도를 둘러보니 이제까지 미처 보지 못했던 작은 커튼이 눈에 들어왔다. 커튼 뒤에는 높이가 15인치 정도 되는 작은 문이 있었다. 황금 열쇠를 끼워 보니 놀랍게도 꼭 들어맞는 것이 아닌가!

앨리스가 문을 열어 보니 작은 통로가 이어져 있었다. 통로는 쥐구멍만 한 크기였다. 무릎을 꿇고 작은 통로를 들여다보았다. 그곳에는 지금껏 한 번도 본 적 없는 정말로 아름다운 정원이 펼쳐져 있었다. 앨리스는 어두컴컴한 복도를 빠져나가 화사한 꽃밭과

시원한 분수 사이를 거닐 수 있다면 얼마나 좋을까 생각했다. 하지만 그 문으로는 머리도 빠져나가기 힘든 상황이었다.

가엾은 앨리스는 생각했다.

'머리가 들어가더라도 어깨가 안 들어가면 무슨 소용이야. 아, 내 몸을 망원경처럼 접을 수 있으면 얼마나 좋을까! 어떻게 시작하는지만 알면 가능할 수도 있을 텐데.'

알다시피 그동안 희한한 일들이 많이 일어났기 때문에 앨리스는 불가능한 일은 거의 없다고 믿기 시작했다.

앨리스는 작은 문 옆에서 기다려 봐도 별수 없다는 생각이 들었다. 그래서 혹시 다른 열쇠가 있을지도 모르고, 아니면 사람을 망원경처럼 접어 넣을 수 있는 방법을 쓴 책이 있을지도 모른다는 희망을 품은 채 다시 탁자로 돌아왔다. 그러자 이번에는 그곳에 작은 병이 하나 놓여 있었다.

"아까는 분명 없었는데." 하고 앨리스는 중얼거렸다. 병에는 종이 꼬리표가 달려 있었는데 '날 마셔요.'라는 커다란 글씨가 예쁘게 적혀 있었다.

'날 마셔요.'란 말은 유혹적인 말이었지만 똑똑한 앨리스는 서두르지 않았다.

"아니야, 먼저 '독성'이라는 표시가 있는지 잘 살펴봐야 해."

앨리스는 화상을 입거나 사나운 짐승들에게 잡아먹힌 아이들에 관한 이야기를 책에서 읽은 적이 있다. 그것은 다 친구들이 가르쳐 준 간단한 규칙을 잊어버렸기 때문에 생긴 사고였다. 이를테면 벌겋게 달아오른 부지깽이를 너무 오래 들고 있으면 손을 덴다든가, 칼을 너무 가까이 하면 손가락을 벤다든가 하는 사실들이다. 앨리  스는 '독성'이라고 적힌 병을 마시면 반드시 탈이 난다는 사실을 잊어버리지 않고 있었다.

하지만 그 병에는 '독성'이라는 표시가 없었다. 그래서 앨리스는 용기를 내 살짝 맛을 보았는데 맛이 아주 좋았다. (마치 체리 파이와 커스터드, 파인애플, 칠면조 구이, 토피 사탕과 버터를 바른 토스트를 섞어 놓은 듯한 맛이었다.) 앨리스는 순식간에 모두 마셔 버렸다.

*　*　*

"아, 기분이 이상하네! 마치 내 몸이 망원경처럼 접히는 것 같아."

앨리스가 중얼거렸다.

정말 그랬다. 앨리스는 키가 10인치로 줄어 있었다. 아름다운 정원으로 통하는 작은 문으로 들어가기에 꼭 알맞은 크기가 되었다는 생각에 앨리스의 얼굴이 밝아졌다. 앨리스는 키가 더 작아지지 않을까 걱정스러운 마음에 잠시 기다렸다. 앨리스는 혼자 중얼거렸다.

"이러다가 양초처럼 타서 완전히 녹아 없어져 버릴지도 몰라. 그러면 난 어떻게 되는 거지?"

앨리스는 그런 걸 본 기억이 한 번도 없었으므로 양초가 다 타고 나면 어떻게 될까 상상해 보았다.

잠시 시간이 흘렀다. 더 이상 아무런 변화가 없자 앨리스는 바로 정원으로 들어갈 생각이었다. 이런, 가엾은 앨리스! 문 앞에 이르러서야 작은 황금 열쇠가 생각났다. 앨리스는 열쇠를 가지러 다시 탁자로 되돌아갔지만 열쇠가 손에 닿지 않았다. 유리 사이로 열쇠가 훤히 보였다. 앨리스는 탁자 다리를 잡고 올라가려고 했지만 너무 미끄러웠다. 몇 번이나 올라가려다 지친 앨리스는 가엾게도 주저앉아 울음을 터뜨리고 말았다.

앨리스는 아주 심하게 자신을 나무랐다.

"그만, 그렇게 울어 봐야 아무 소용없어! 당장 뚝 그치란 말이야."

앨리스는 평소 자신에게 충고를 잘하는 편이었다. (충고를 따른 적은 거의 없었지만 말이다.) 가끔은 눈물이 날 정도로 아주 심하게 야단을 치기도 했다. 언젠가 한번은 혼자서 크로케 경기를 하다가 자신을 속이는 바람에, 스스로 자기 뺨을 때리려고 한 적도 있었다. 엉뚱한 앨리스는 마치 자신이 두 사람인 척하는 것을 아주 좋아했다.

'하지만 지금은 두 사람인 척하는 것도 아무 소용없어! 한 사람 몫을 하기에도 벅차단 말이야.'

곧 앨리스의 시선이 탁자 밑에 놓인 작은 유리 상자에 닿았다. 앨리스는 상자를 열었다. 상자 안에는 아주 작은 케이크가 들어 있었고 그 위에 건포도로 '날 먹어요.'라는 글씨가 예쁘게 장식되어 있었다.

"좋아, 먹어 보자. 먹고 나서 키가 더 커지면 열쇠를 집을 수 있겠지, 혹시 더 작아진다면 문 밑으로 기어 나갈 수 있잖아. 아무튼 정원으로 들어갈 수만 있다면 괜찮아!"

앨리스는 케이크를 조금 떼어 먹고 걱정스럽게 중얼거렸다.

"커질까? 작아질까?"

앨리스는 머리 위에 손을 얹고 키가 자라는지 가늠해 보려 했지만 여전히 키는 그대로였다. 물론 보통 사람이 케이크를 먹으면 아무 일

도 일어나지 않는다. 하지만 전혀 생각지도 못했던 일들을 겪은 앨리스에게는 평범한 일은 그저 재미없고 시시하기만 했다.

그래서 앨리스는 다시 케이크를 집어 들고 순식간에 다 먹어 버렸다.

2. 눈물 웅덩이

"정말 요상해지네!"

앨리스가 소리쳤다. (앨리스는 너무 놀라서 제대로 말하는 법까지 잊어버렸다.)

"이제는 세상에서 가장 큰 망원경처럼 몸이 쭉 늘어나는 것 같아! 내 발아, 안녕!" (앨리스가 아래를 내려다보니 발이 너무 멀리 떨어져 거의 보이지 않을 정도였다.)

'아, 불쌍한 내 작은 발들아! 누가 너희들에게 양말과 신발을 신겨 주겠니? 난 이제 해 줄 수가 없을 텐데! 너희들이 너무 멀리 떨어져 있으니 말이야. 이제는 너희들 스스로 할 수 있는 한 최선을 다해야 해.'

앨리스는 또 생각했다.

'그래도 잘 대해 줘야 해. 그렇지 않

으면 내가 가고 싶은 곳으로 움직이려 하지 않을 거야. 그래, 크리스마스 때마다 새 부츠를 한 켤레씩 선물해야겠다.'

그리고는 이제 선물을 어떻게 전해 줘야 할지 궁리하기 시작했다.

'그래, 아무래도 집배원을 시키는 것이 좋겠어. 자기 발한테 선물을 보내야 한다니, 정말 우스운 일이야! 받는 주소도 얼마나 이상해 보일까!'

벽난로 앞 깔개 위
앨리스의 오른발 귀하
_사랑하는 앨리스가

'이런, 내가 도대체 무슨 말도 안 되는 소리를 하고 있는 거야!'

바로 그때 앨리스의 머리가 쿵! 소리와 함께 천장에 부딪혔다.

이때쯤 키는 거의 9피트가 넘어가고 있었다. 앨리스는 바로 황금 열쇠를 들고 정원으로 나가는 문을 향해 빠르게 뛰었다.

하지만 가여운 앨리스가 할 수 있는 것은 몸을 옆으로 최대한 눕힌 채 한쪽 눈으로 정원을 바라보는 것이었다. 그래서 문밖으로 나가는 것은 더 힘들어졌다. 앨리스는 바닥에 앉아 서럽게 울기 시작했다.

"난 스스로를 부끄럽게 생각해야 해. 이렇게 큰 아가씨가 아기처럼

울다니! 당장 뚝 그쳐!"(앨리스는 정말로 커져 있었다.)

그러나 앨리스는 서럽게 울고 또 울었다. 얼마나 많은 눈물을 흘렸는지 앨리스 주위에 약 4인치 정도 되는 깊이로 복도 절반 높이까지 웅덩이가 생겼다.

잠시 후 저 멀리 어디선가 후다닥 급하게 뛰어가는 발소리가 들렸다.

앨리스는 누가 오는 게 아닐까 싶어서 얼른 눈물을 닦고 소리 나는 쪽으로 고개를 돌렸다. 한껏 멋을 부리고 정장을 차려입은 흰 토끼가 한 손에는 하얀 가죽 장갑 한 켤레를, 다른 손에는 커다란 부채를 들고 급하게 뛰면서 중얼거리고 있었다.

"아! 어쩌면 좋아! 늦었어! 늦으면 공작 부인이 무섭게 화를 낼 텐데."

앨리스는 지푸라기를 잡는 심정으로 토끼가 가까이 다가오자 머뭇거리며 말했다.

"선생님, 죄송합니다만……."

그러나 흰 토끼는 앨리스 목소리에 깜짝 놀라 하얀 가죽 장

갑과 커다란 부채를 떨어뜨린 채 어둠 속으로 쏜살같이 사라졌다.

앨리스는 장갑과 부채를 집어 들었는데, 안이 너무 더워서 부채질을 하며 중얼거렸다.

"오늘은 정말 모든 게 다 이상하네! 어제는 평소와 다름없었는데 말이야. 하룻밤 사이에 내가 변한 걸까? 잘 생각해 보자. 오늘 아침 잠에서 깨어났을 때 어제의 나와 똑같았던 걸까? 그래, 기분이 조금 이상했던 것도 같아. 하지만 내가 정말 변한 거라면 '지금의 나는 도대체 누구란 말이지?' 아, 이건 징말 엄청난 수수께끼야."

앨리스는 또래 친구들을 한 명씩 떠올리며 자신이 혹시 그 친구 중 누군가로 변한 게 아닌지 생각해 보았다.

"분명 에이다는 아니야. 에이다는 긴 곱슬머리인데 난 아니잖아. 그럼, 메이블도 아니야. 난 모르는 게 없는데 메이블은 아는 게 거의 없으니까. 그래, 메이블은 메이블이고 나는 나야. 아! 모든 게 뒤죽박죽이야! 그렇다면 내가 알고 있었던 것을 기억해 보자! 음, 4 곱하기 5는 12, 4 곱하기 6은 13, 4 곱하기 7은……. 뭔가 이상한데. 하지만 구구단은 그리 중요하지 않아. 지리 문제를 생각해 보자. 파리의 수도는 런던, 로마의 수도는 파리, 로마는……. 아니야. 전부 다 틀렸어. 정말 내가 메이블이 된 게 아닐까?

정말 그렇게 된 게 틀림없어. 그렇다면 '작은 악어'를 다시 불러 봐

야겠다."

앨리스는 마치 수업 시간에 하듯이 무릎 위에 양손을 포개 얹고 시를 읊기 시작했다. 하지만 쉰 듯한 목소리는 몹시 낯설었으며 단어들도 잘 생각나지 않았다.

작은 꼬마 악어가
반짝 반짝 빛나는 꼬리로
나일강의 물을
황금빛 비늘 위에 부어요.

기분 좋게 웃으며
발톱을 쫙 펼치고,
미소 가득한 입으로
작은 물고기들을 삼켜요.

가엾은 앨리스의 눈에 다시 눈물이 그렁그렁 고였다. 그러고는 계속 말을 이었다.

"뭔가 잘못 말한 것 같아. 아무래도 내가 메이블이 된 게 틀림없어. 그렇다면 이제 좁은 집에서 장난감도 없이 살아야 할 테고 공부는 또

얼마나 해야 할까! 안 돼! 그럴 수 없어. 만약 메이블로 살아야 한다면 차라리 여기서 나가지 않겠어. 누군가 '이제 그만 올라와!' 한다면 '먼저 제가 누구인지 얘기해 주세요. 제가 마음에 드는 사람이라면 올라가겠지만, 그게 아니라면 마음에 드는 사람이 될 때까지 그냥 여기에 있을 거예요.'라고 대답할 거야. 하지만……."

앨리스는 갑자기 울음을 터뜨리고 말았다.

"누군가 나타나 준다면 얼마나 좋을까! 여기 혼자 있는 건 정말이지 너무 끔씩해."

앨리스는 혼자 중얼거리다 자기 손을 내려다보고 깜짝 놀랐다.

어느새 토끼의 하얀 가죽 장갑 한 짝을 끼고 있었던 것이다.

앨리스는 생각했다.

'도대체 어떻게 된 일이지? 이 장갑이 손에 맞는다면 내가 다시 작아지고 있다는 거야.'

앨리스는 탁자 옆으로 가서 키를 재 보았다. 추측해 보니 키는 2피트 정도 된 것 같았고, 계속해서 빠른 속도로 줄어드는 중이었다. 앨리스는 몸이 줄어드는 이유가 손에 든 부채 때문이라는 사실을 깨닫고 얼른 부채를 던져 버렸다. 하마터면 몸이 완전히 사라질 뻔했다.

"휴, 다행이야."

앨리스는 갑작스러운 변화가 조금 두렵기는 했지만, 아직 살아 있

다는 사실이 무척 기뻤다.

"이제 정원으로 나가 봐야겠어."

앨리스는 힘차게 작은 문을 향해 달려갔지만 문은 다시 잠겨 있었고 작은 황금 열쇠는 탁자 위에 놓여 있는 게 아닌가.

'갈수록 태산이군. 이 정도까지 작지 않았는데, 정말 너무해!'

이 생각을 하는 순간 발이 미끄러지더니 순식간에 소금물에 빠지고 말았다. 그리고 턱 밑까지 소금물이 차올랐다.

앨리스는 처음에는 바닷물에 빠졌다고 생각하고 이렇게 중얼거렸다. (앨리스는 딱 한 번 바닷가에 가 본 적이 있었는데 해안에는 어디에나 이동식 탈의실이 있었고, 아이들은 삽으로 모래를 파고 있었으며, 숙소 뒤에는 기차역이 있었다는 기억이 떠올라 바닷가는 모두 그런 줄 알고 있었다.)

"그럼 기차를 타고 돌아가야겠어."

하지만 앨리스는 곧 그것이 조금 전 키가 9피트까지 커졌을 때, 자신이 흘렸던 눈물 웅덩이라는 것을 알게 되었다.

"아까 그렇게 펑펑 우는 게 아니었는데……."

앨리스는 웅덩이를 빠져나가려고 몸부림을 치며 말했다.

"내가 흘린 눈물에 빠져 죽다니 이런 말도 안 되는 일이 있다니! 아무리 오늘 벌어지는 일이 전부 다 이상하대도, 이건 너무 이상해."

그때 눈물 웅덩이 어딘가에서 첨벙하는 소리가 들렸다.

앨리스는 무슨 소리인지 알아보려고 소리 나는 쪽을 향해 헤엄쳐 갔다. 처음에 앨리스는 그것이 하마일 거라고 생각했다. 하지만 자기가 얼마나 작아졌는지를 기억해 내고는, 자신처럼 발이 미끄러져 빠진 생쥐라는 것을 알았다.

앨리스는 생각했다.

'이 생쥐에게 말을 걸어 볼까? 여기선 모든 게 이상하니 생쥐가 말을 할 수 있을지도 모르잖아. 어쨌든 손해 볼 건 없으니까.'

앨리스가 생쥐에게 말을 걸었다.

"생쥐야! 이 웅덩이에서 빠져나가는 방법을 아니? 난 여기서 헤엄치는 데 아주 지쳤어."(앨리스는 이렇게 말하면 될 거라고 생각했다. 생쥐와 말을 해 본 적은 없었지만 오빠의 라틴어 문법 책에서 언젠가 '생쥐가, 생

쥐의, 생쥐에게, 생쥐를, 생쥐야!'라고 쓰여 있는 것을 본 기억이 났기 때문이다.)

생쥐는 앨리스를 신기한 듯 쳐다보며 마치 윙크를 하는 것처럼 한쪽 눈을 찡긋거렸다. 하지만 아무 말도 하지 않았다.

앨리스는 생각했다.

'혹시 영어를 알아듣지 못하는 게 아닐까. 그렇다면 정복왕 윌리엄과 함께 건너온 프랑스 쥐가 틀림없어.' (앨리스는 자신이 알고 있는 모든 역사 지식을 들어 설명해 보려 했지만 어떤 사건이었는지는 기억나지 않았다.)

앨리스는 쥐에게 다시 물었다.

"우 에 마 샤트?" (내 고양이는 어디 있지?)

이 말은 프랑스 어 교과서에 나오는 첫 문장이었다.

생쥐가 갑자기 물에서 펄쩍 뛰더니 겁에 질린 듯 벌벌 떨기 시작했다.

"정말 미안해! 내가 깜빡 잊었어. 네가 고양이를 좋아하지 않는다는 것을 말이야."

가엾은 생쥐를 놀라게 한 것이 미안해진 앨리스가 말했다.

생쥐가 화를 내며 소리쳤다.

"난 고양이가 정말 싫어! 싫다고! 네가 나라면 고양이가 좋겠니?"

앨리스는 쥐를 달래며 말했다.

"그래, 아마 싫을 거야. 하지만 화내지 마. 네가 우리 집 고양이 다이너를 볼 수 있다면 좋을 텐데. 그러면 너도 분명 고양이를 좋아하게 될 거야. 걘 정말 귀엽고 사랑스러운 고양이거든."

앨리스는 눈물 웅덩이를 천천히 헤엄쳐 다니며 혼잣말로 중얼거렸다.

"다이너는 난롯가에 앉아 기분 좋게 가르랑거리며 앞발로 얼굴을 닦곤 하지. 안으면 얼마나 털이 부드러운지 기분이 좋아지지. 그리고 생쥐 잡는 데는 아주 선수야. 앗! 미안, 미안해!"

생쥐가 털을 곤두세우자 앨리스는 실수를 했다는 생각이 들어 다시 외쳤다.

"이제 우리 다이너 얘기는 그만하는 게 좋겠어!"

"우리라니? 마치 내가 그런 얘기를 하자고 한 것처럼 말하는구나. 우리는 고양이라면 딱 질색이야. 더럽고 비겁하고 야비한 것들! 다시는 내 앞에서 고양이의 '고' 자도 꺼내지 마!"

앨리스는 얼른 화제를 바꾸려고 말했다.

"그래, 다시는 안 할게. 그럼 말이야. 혹시 너 강아지는 좋아하니?"

생쥐가 아무런 대답도 하지 않자 앨리스는 더 열심히 계속해서 말했다.

"우리 옆집에 아주 귀여운 강아지가 한 마리 있는데 너에게 보여 주고 싶어. 눈이 초롱초롱한 테리어 종인데 구불구불한 긴 갈색 털이 얼마나 예쁜지 몰라. 물건을 던지면 물어 오기도 하고, 얌전히 앉아 밥을 달라고도 하고, 다 기억할 수 없을 만큼 재주가 많아서 주인 아저씨 말로는 100파운드는 족히 받을 수 있을 거래. 생쥐도 어찌나 잘 잡는지……."

앨리스는 탄성을 내뱉으며 말했다.

"오, 이런! 내가 또 실수를 하고 말았어."

생쥐는 있는 힘껏 앨리스에게서 벗어나 멀리 헤엄쳐 가고 있었다.

앨리스는 최대한 부드럽게 생쥐를 불렀다.

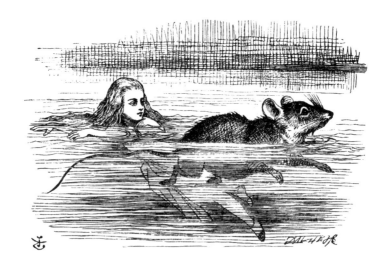

"생쥐야! 다시 돌아오렴. 네가 싫다면 다시는 고양이나 강아지 이야기를 하지 않을게."

이 말을 듣고 생쥐는 몸을 돌려 다시 앨리스에게 헤엄쳐 왔다. 생쥐의 얼굴은 아주 창백했다. (앨리스는 쥐가 너무 화를 냈기 때문이라고 생각했다.)

생쥐가 낮게 떨리는 목소리로 말했다.

"일단 언덕으로 올라가자. 가서 내 이야기를 들려줄게. 그러면 내가 왜 고양이와 개를 그토록 싫어하는지 너도 이해하게 될 거야."

이제 눈물 웅덩이는 새와 동물들로 북적대고 있었다. 그래서 빠져나가긴 해야 했다.

웅덩이에는 오리, 도도, 앵무새, 새끼 독수리, 그 외에 희귀한 동물들이 허우적대고 있었다. 앨리스를 선두로 모두 언덕을 향해 헤엄쳐 갔다.

3. 코커스 경주와 긴 이야기

　언덕으로 나온 동물들의 모습은 아주 볼만했다. 새들은 깃털이 땅에 질질 끌려 엉망이었고 다른 동물들은 털이 몸에 착 달라붙어 있었다. 다들 전부 털이 젖어서 물을 뚝뚝 흘리며 언짢은 표정이었다.

　이제 몸을 어떻게 말려야 할지가 가장 큰 문제였다. 모두 그 문제에 대해 의논하기 시작했다. 시간이 얼마 지나지 않아 앨리스는 마치 오래전부터 그들을 알고 지낸 것처럼 동물들과 이야기하는 것이 자연스럽게 여겨졌다. 실제로 앨리스는 앵무새와 오랫동안 논쟁을 벌이기도 했는데 결국 앵무새가 토라져서 이렇게 말했다.

　"내가 너보다 오래 살았으니 너보다 아는 것이 많은 건 당연해."

　그러자 앨리스는 앵무새의 나이를 알기 전에는 인정할 수 없다고 했고, 앵무새는 끝까지 자신의 나이를 말해 주지 않겠다고 버티었고 논쟁은 그것으로 끝이 났다.

　마침내 그곳에 모인 동물들 중에서 권위 있어 보이는 생쥐가 큰 목소리로 말했다.

　"모두 앉아서 내 말을 들어요! 내가 여러분의 몸을 말려 줄 테니까!"

　이 말을 듣고 모두가 순식간에 생쥐 주위로 빙 둘러앉았다. 앨리스

는 어서 몸을 말리지 않으면 감기에 걸릴 것 같아 걱정스러운 눈으로 생쥐를 바라보았다.

드디어 생쥐가 어깨를 으쓱대며 말했다.

"에헴! 다들 준비가 됐지? 이 이야기는 내가 알고 있는 가장 무미건조한 이야기야. 모두 잘 들어 봐! '정복자 윌리엄은 교황의 후원을 받아, 지도자를 필요로 하고 있던 영국을 손쉽게 정복하게 되었지. 머시아와 노섬브리아 왕국의 백작이었던 에드윈과 모카…….'"

"에휴!"

앵무새가 몸을 부들부들 떨며 소리를 냈다.

"뭐라고? 방금 뭐라고 했어?"

생쥐는 불쾌한 듯 미간을 찌푸렸지만 점잖게 물었다.

"아니! 난 아무 말도 안 했는데."

앵무새가 허둥대며 대답했다.

"난 또 뭐라고 하는 줄 알고. 그럼 다시 이야기를 계속하지. 머시아와 노섬브리아의 백작이었던 에드윈과 모카는 윌리엄 왕을 지지했고, 애국심 투철한 캔터베리 대주교 스티갠드 또한 그렇게 하는 것이 가장 현명하다고 판단했……."

"뭘 판단했다고요?"

오리가 물었다.

"그것을 말이야. 설마 '그것'을 모르는 건 아니겠지?"

생쥐가 짜증을 내며 말했다.

"내가 판단한다는 것이야 잘 알죠. 보통 개구리가 좋을지 지렁이가 좋을지 하는 문제인데, 내가 묻고 싶은 건 대주교가 뭘 판단했냐는 거예요?"

오리가 되물었다.

생쥐는 이 물음에 아무런 대꾸도 하지 않고 서둘러 말을 이었다.

"에드거 황태자와 함께 윌리엄을 만나 그에게 왕위를 수여하는 것이 현명한 판단이라고 생각했지. 정복왕 윌리엄도 처음에는 온건하게

행동했지. 하지만 노르만족의 오만함은……."

생쥐가 앨리스를 돌아보며 물었다.

"이제 몸이 좀 말랐니? 어때?"

앨리스가 시무룩하게 말했다.

"아직도 흠뻑 젖어 있어요. 당신의 이야기를 듣는다고 해서 마르는 것 같지 않아요."

도도새가 일어나며 사뭇 진지하게 말했다.

"더 효과적인 방법을 찾기 위해 회의를 중지해야 한다고 생각하는 바예요."

새끼 독수리가 말했다.

"무슨 말인지 하나도 알아들을 수가 없어요. 쉽게 말해 주세요. 그리고 당신 말은 믿을 수가 없어요."

새끼 독수리는 웃음을 참으며 고개를 숙였다. 다른 몇몇 새들은 대놓고 킥킥거렸다.

도도새가 화가 난 목소리로 말했다.

"내 말은 그러니까, 몸을 말리려면 코커스 경주를 하는 게 가장 좋을 거란 말이에요."

"코커스 경주가 뭔데요?"

앨리스가 물었다. 자신은 그다지 궁금하지 않았지만, 코커스 경주

가 무엇인지 알고 싶은 동물들이 몇몇 있는 것처럼 보였는데, 아무도 물어보려 하지 않자 앨리스가 나섰던 것이다.

도도새가 말했다.

"코커스 경주가 어떤 건지는 직접 해 보는 게 좋을 것 같아요. (여러분도 추운 겨울날 몸을 따뜻하게 할 때 필요할지 모르니, 도도새가 어떻게 했는지 설명해 주겠다.)

도도새는 달리기 경주로를 둥그렇게 그렸다. (원을 그리면서 도도새는 "조금 삐뚤어져도 괜찮아."라고 말했다.) 다음으로 모두 선에 맞춰 자리를 잡았고 "하나, 둘, 셋, 출발!"이라는 신호도 없이 각자 달릴 수 있을 때까지 달렸다. 그래서 경주가 언제쯤 끝이 날지 알 수가 없었다. 그러나 30분쯤 달리자 몸이 완전히 말랐다. 그때 도도새가 외쳤다.

"경주 끝!"

다들 숨을 헐떡거리며 도도새 주변으로 모여들더니 이렇게 물었다.

"누가 이긴 거예요?"

도도새도 잘 따져 보지 않고는 쉽게 답할 수 있는 질문은 아니었다. 그래서 도도새는 손가락을 이마에 대고 오랫동안 생각한 끝에 대답했다.

"우리 모두가 우승자예요. 그러니 모두가 상을 받아야 해요."

다들 합창이라도 하는 것처럼 되물었다.

"그럼 상은 누가 주는 거예요?"

도도새는 손가락을 치켜들며 앨리스를 가리켰다. 그러자 순식간에 앨리스 주위를 에워싸더니 정신없이 외쳐 댔다.

"상을 줘! 상을 줘!"

앨리스는 어쩔 줄 몰라 난감해하며 주머니에 손을 넣어 보았다. 사탕 한 봉지를 꺼내 모두에게 상으로 주었다. (다행히 물에 젖지 않았다.) 사탕은 모두에게 정확히 하나씩 돌아갔다.

"저 아이도 상을 받아야 해요."

생쥐가 말했다.

"당연히 상을 받아야지."

도도새가 진지하게 대꾸했다. 그러고는 앨리스를 보고 물었다.

"네 주머니에 또 다른 건 없니?"

"이제 골무밖에 없어요."

앨리스가 슬픈 목소리로 말했다.

"그걸 내게 줘."

도도새가 말했다.

그러자 모두 다시 앨리스 주위로 몰려들었고, 도도새가 아주 엄숙하게 앨리스에게 다시 골무를 건네며 말했다.

"이 아름다운 골무를 수여하노라."

도도새의 짧은 연설이 끝나자 모두 환호성을 질렀다.

앨리스는 어이가 없었지만 다들 사뭇 진지해서 차마 웃을 수가 없었다. 그리고 마땅한 말이 떠오르지 않아 가볍게 인사를 하고 최대한 공손하게 골무를 받았다.

이제 사탕을 먹을 차례였다. 사탕을 먹는 동안에도 아주 수선스러웠다. 몸집이 큰 새들은 사탕이 너무 작아 무슨 맛인지 알 수 없다며 불평했고, 작은 새들은 사탕이 목에 걸려 등을 두들겨 달라고 아우성이었다. 어쨌든 모든 게 정리되고 다시 둥글게 둘러앉아 생쥐에게 다

른 이야기를 해 달라고 졸라 댔다.

"당신 이야기를 들려주기로 약속했잖아요!"

앨리스가 말했다. 그리고 생쥐가 또 화를 내지 않을까 걱정하며 작은 목소리로 속삭였다.

"당신이 왜 '양이'와 '멍이'를 싫어하게 되었는지도 말이에요."

생쥐는 앨리스를 보며 한숨을 내쉬었다.

"내 이야기는 꼬리에 꼬리를 무는 길고도 슬픈 이야기란다."

앨리스는 생쥐의 꼬리를 내려다보며 말했다.

"꼬리가 길기는 길군요. 그런데 꼬리가 왜 슬프다는 거예요?"

앨리스는 생쥐가 이야기하는 동안 이 수수께끼 같은 말을 생각했고 생쥐의 이야기를 이렇게 받아들였다.

집에서 마주친 생쥐에게
사나운 개 퓨어리가
말했네. "우리 같이
법원에 가자.
난 널 고소할
거야. 네가
싫다고 해도
이제 소용없어.
어쨌든 난
오늘 아침에
그 일 외에
달리 할 일이
없거든."
생쥐도
사나운 개
퓨어리에게
말했네.
"저기요,
배심원도
판사도 없는
그런 재판은
쓸데없는
일이에요."
"내가 배심원도
되고, 판사도
되어 이
사건을
맡아 널
사형에
처하고
말 거야."
교활한
퓨어리가
말했네.

"너! 내 말 안 듣고 있지? 도대체 무슨 생각을 하고 있는 거니?"

생쥐가 엄하게 말했다.

"아, 미안해. 꼬리가 다섯 번 감기는 것 맞지?"

앨리스가 미안해하며 말했다.

화가 난 생쥐는 신경질적으로 소리쳤다.

"아니야!"

앨리스가 말했다.

"매듭처럼 꼬였다는 거야?"

언제나 사람들을 잘 도와주는 앨리스는 안타까워 생쥐 주변을 둘러보며 말했다.

"어디 좀 봐! 어디가 어떻게 꼬였는데, 내가 풀어 줄게."

생쥐가 대답했다.

"난 그럴 필요가 없어!"

생쥐는 화를 냈고 일어나 가면서 말했다.

"정말 말도 안 되는 소리를 하는군. 그런 소리로 날 모욕하다니."

앨리스가 애처로운 목소리로 말했다.

"난 그런 뜻이 아니야. 왜 그렇게 화를 쉽게 내는 거니?"

생쥐는 대답하지 않고 찍찍거리기만 했다.

앨리스가 생쥐 뒤에서 큰 소리로 외쳤다.

"제발 돌아와서 네 이야기를 마저 해 줘!"

그러자 다른 동물들도 한목소리로 말했다.

"그래요, 빨리 얘기해 줘요!"

생쥐는 더 짜증스럽다는 듯 고개를 흔들더니 더 빠른 걸음으로 가 버렸다.

그렇게 생쥐가 완전히 사라지고 모습이 보이지 않자, 앵무새가 한숨을 쉬며 말했다.

"에이, 정말 그냥 가 버렸네."

이 광경을 보고 있던 나이 든 게가 자신의 딸에게 이렇게 말했다.

"아가야, 아무리 화가 나더라도 이성을 잃고 화를 내면 안 된단다. 화를 참을 줄 알아야지."

딸이 뾰로통하게 말했다.

"엄마! 엄마의 잔소리를 참아 낼 사람은 없을 거예요."

그때 앨리스가 누군가에게 하는 말은 아니었지만 큰 소리로 말했다.

"다이너가 여기 있었다면 저 생쥐를 당장 데려왔을 텐데!"

"다이너가 누군지 물어봐도 될까?"

앵무새가 물었다.

앨리스는 다이너에 대해 이야기하는 것을 좋아했으므로 신이 나 대

답했다.

"다이너는 우리 집 고양이란다. 쥐 잡는 데는 선수야. 새도 얼마나 잘 쫓는지 몰라. 새가 눈에 띄면 그 자리에서 꿀꺽 삼켜 버릴걸!"

이 말이 끝나기가 무섭게 모두 이런저런 핑계를 대고 떠나가기 시작했다.

늙은 까치 한 마리는 조심스레 제 몸을 감싸며 말했다.

"이제 집으로 돌아가야겠어. 밤공기는 목에 좋지 않거든!"

옆에 있던 카나리아도 떨리는 목소리로 아기 카나리아들에게 말했다.

"애들아! 이제 그만 가자! 잠자리에 들 시간이구나."

금세 혼자가 된 앨리스가 풀이 죽어 말했다.

"다이너 얘기를 하지 말았어야 해. 아무도 다이너를 좋아하지 않는 것 같아. 다이너는 세상에서 가장 예쁜 고양이인데 말이야. 아, 귀여운 내 고양이! 내가 다시 널 볼 수 있을까?"

앨리스는 너무 외롭고 서글퍼서 다시 울음을 터뜨렸다.

그런데 잠시 후 멀리서 종종거리는 발자국 소리가 아주 조그맣게 들려왔다.

앨리스는 생쥐가 마음을 바꿔 먹고 이야기를 계속하려고 돌아오는 게 아닐까 기대하며 소리가 나는 쪽을 바라보았다.

4. 토끼, 꼬마 도마뱀 빌을 들여보내다

발자국 소리의 주인공은 천천히 되돌아오고 있는 흰 토끼였다. 토끼는 마치 뭔가를 잃어버린 듯 걱정스러운 낯빛으로 주변을 두리번거렸다. 그리고 무슨 말인지 혼자 중얼거리고 있었다.

"공작 부인! 공작 부인! 오, 내 사랑스러운 발! 내 부드러운 털과 수염아! 부인은 틀림없이 날 죽이려 할 거야. 안 봐도 뻔해! 도대체 어디에 떨어뜨린 거지?"

앨리스는 토끼가 부채와 하얀 가죽 장갑을 찾고 있다는 것을 금방 알아차렸다. 마음 착한 앨리스는 부채와 장갑을 여기저기 찾아보았지만 어디에도 보이지 않았다. 게다가 눈물 웅덩이에 빠진 뒤부터 모든 게 바뀌어 버린 것 같았다. 유리 탁자와 작은 문이 있던 커다란 방도 어느새 사라지고 없었다.

토끼는 여기저기 둘러보고 있는 앨리스를 발견하고는 화난 목소리로 소리쳤다.

"아니, 메리 앤! 여기서 뭘 하고 있는 거야? 어서 집에 가서 내 장갑하고 부채를 가져와야지! 서둘러, 지금 당장!"

앨리스는 너무 깜짝 놀라 토끼가 착각하고 있다는 사실을 설명할

틈도 없이 토끼가 가리키는 쪽을 향해 달려갔다.

"나를 자기 하녀로 생각하나 봐."

앨리스는 뛰면서 중얼거렸다.

"내가 하녀가 아닌 걸 알면 얼마나 놀랄까! 일단은 부채와 장갑을 갖다 주는 게 좋겠어. 찾을 수 있다면 말이야."

그 말이 끝날 새도 없이 앨리스는 작고 아담한 집에 다다랐다. 문에는 'W. 토끼'라고 새긴 번쩍이는 놋쇠 문패가 달려 있었다. 앨리스는 문득 부채와 장갑을 찾기도 전에 진짜 메리 앤을 만나면 어쩌나 걱정이 되었다. 그래서 문도 두드리지 않고 조용히 집으로 들어간 다음 얼른 위층으로 올라갔다.

"내가 토끼 심부름이나 하다니 정말 어이가 없군! 다음에는 다이너가 내게 심부름을 시키는 건 아닌지 몰라."

그러면서 앨리스는 앞으로 일어날 일들을 상상하기 시작했다.

"'앨리스 아가씨! 어서 산책 나갈 준비를 하셔야지요!' '금방 가요, 유모! 하지만 다이너가 돌아올 때까지는 생쥐가 도망가지 못하도록 쥐구멍을 지켜야 하는걸요.'"

앨리스는 계속 생각했다.

'다이너가 그런 식으로 사람들에게 명령을 하려 했다간 당장 집에서 쫓겨나고 말겠지!'

이런 상상을 하며 앨리스는 창가에 탁자가 놓인 아주 작은 방으로 들어섰다. 탁자 위에는 (앨리스가 생각했던 대로) 부채와 하얀 가죽 장갑 두세 켤레가 놓여 있었다. 앨리스가 부채와 장갑 한 켤레를 집어 들고 막 방을 빠져나오려는데 거울 옆에 놓인 작은 병 하나가 눈에 들어왔다. 이번에는 '날 마셔요.'와 같은 표시가 없었지만 앨리스는 코르크 마개를 열고 입으로 가져갔다.

"무엇인가 먹거나 마시기만 하면 재미난 일이 생겨나잖아? 이번에도 그렇게 되는지 확인을 해 봐야겠어. 다시 키가 커진다면 얼마나 좋을까. 이렇게 작은 키로 있는 건 정말이지 너무 질렸어!"

그런데 정말 앨리스의 바람대로 이루어졌다. 앨리스가 기대했던 것보다 훨씬 빨리. 반병도 마시기 전에 앨리스의 머리는 천장에 닿아 짓눌렸고, 덕분에 목이 부러지지 않도록 고개를 숙여야만 했다. 앨리스가 서둘러 병을 내려놓으며 중얼거렸다.

"이 정도면 충분해. 더 이상 커지면 안 돼. 그러면 저 문으로 나가지도 못한단 말이야. 너무 많이 마시는 게 아닌데!"

하지만 너무 늦었다. 앨리스의 키가 계속해서 커지는 바람에 결국 바닥에 무릎을 꿇어야만 했다. 곧이어 무릎을 꿇을 공간마저 부족해져 한쪽 팔은 문에 기대고 다른 팔로는 머리를 감싸고 바닥에 드러누워야 했다. 그런데도 앨리스의 키는 여전히 자라고 있었다. 결국 최후

의 수단으로 한쪽 팔은 창문 밖으로 내놓고, 한쪽 발은 굴뚝으로 밀어 넣었다.

다행히 작은 병의 마법이 끝났는지 앨리스의 키는 더 이상 커지지 않았다. 하지만 자세는 여전히 불편했고 다시 방을 빠져나갈 방법 같은 건 없어 보였다.

불쌍한 앨리스는 생각했다.

'집에 있을 때가 훨씬 좋았어. 계속 이렇게 커졌다 작아졌다 하지도 않고, 생쥐나 토끼가 나한테 심부름을 시키지도 않잖아. 토끼 굴로 들어오는 게 아니었는데…… 하지만 이렇게 살아 보는 것도 재미있잖아! 앞으로 벌어질 일들이 정말로 궁금한걸! 동화책을 읽을 때마다 이

런 건 동화 속에서나 일어나는 일이라고 생각했었는데 지금 내가 그 동화 속에 와 있는 거잖아! 나에 대한 책이 쓰여야 해. 정말이야! 내가 크면 꼭 이 이야기를 책으로 써야지. 그런데 난 지금 다 자랐는데.'

그러고는 서글픈 목소리로 덧붙여 말했다.

"적어도 여기서는 더 이상 자라지 못할 정도로."

그리고 앨리스는 속으로 생각했다.

'지금보다 나이를 더 먹지 않는다면…… 생각해 보니 좋은 것 같기도 해. 할머니로 늙는 일은 없을 데니까. 하지만 공부는 계속해야 하잖아! 아, 그건 정말 싫은데!'

"아이, 바보!"

앨리스가 스스로에게 말했다

"여기서 어떻게 공부를 한다는 거야? 이 방에 네 몸 하나로도 꽉 차는데, 책을 어디다 놓는다는 거니!"

앨리스는 마치 대화를 나누듯이 혼잣말을 주고받았다. 그런데 얼마 후 밖에서 어떤 목소리가 들려오자 입을 다물고 귀를 기울였다.

"메리 앤! 메리 앤! 얼른 내 장갑을 가져와!"

그러더니 계단을 뛰어오르는 발자국 소리가 작게 들려왔다. 앨리스는 토끼가 자신을 찾으러 왔다는 걸 알았다. 하지만 자기가 토끼보다 천배는 더 크다는 사실을 까맣게 잊고 있었다. 이제는 토끼를 겁낼 필

요가 없는데도 집이 흔들릴 정도로 몸을 부들부들 떨었다.

이윽고 방문 앞에 이른 토끼가 문을 열려고 했다. 하지만 안쪽으로 열리는 문은 앨리스의 팔꿈치가 꾹 누르고 있어 꿈쩍도 하지 않았다. 앨리스는 토끼가 혼자 중얼거리는 소리를 들었다.

"뒤쪽으로 돌아서 창문으로 들어가야겠군."

'아마, 그렇게 해도 안 될걸!'

앨리스는 속으로 생각했다. 그리고 잠시 후 창문 아래서 토끼의 기척이 느껴지자 토끼를 잡으려고 손을 펼쳤다 움켜쥐었다. 손에 아무것도 잡히지 않았지만 낮은 비명 소리와 함께 쿵 하고 떨어지는 소리와 유리가 와장창 깨지는 소리가 들렸다. 그 소리로 앨리스는 토끼가 오이를 키우는 온실로 떨어진 것 같다고 생각했다.

곧이어 토끼의 화난 목소리가 들려왔다.

"패트! 패트! 어디 있는 거야?"

그러자 앨리스가 처음 듣는 목소리가 들려왔다.

"네, 주인님! 여기 있어요! 사과를 캐고 있는데요!"

"사과를 캐고 있다고! 빨리 이리 와서 나를 도와줘!"

토끼가 여전히 화를 내며 말했다. (유리 깨지는 소리가 또 들려왔다.)

"패트! 대체 유리창에 보이는 게 뭐야?"

"팔인데요. 주인님!" (패트는 '팔'을 '파아알'이라고 발음했다.)

"팔이라고, 이런 바보! 저렇게 큰 팔을 본 적이 있어? 창문에 꼭 찰 정도라고!"

"뭐, 그렇긴 하네요. 하지만 그래도 팔이 맞는데요."

"알았어. 그러든 말든 어서 가서 치워!"

그러고는 잠시 침묵이 흘렀고, 앨리스에게는 이따금 속삭이는 소리만 들려왔다.

"주인님! 싫어요. 안 할래요, 안 한다고요!"

"시키는 대로 하지 못해! 겁쟁이 같으니라고!"

앨리스는 다시 한 번 손을 펼쳤다 움켜쥐었다. 이번에는 두 명이 지르는 비명 소리와 함께 유리 깨지는 소리가 더 크게 들려왔다.

앨리스는 생각했다.

"오이 온실이 꽤 큰가 봐! 또 무슨 일이 벌어지는 걸까? 창문 밖으로 끌어내 준다면 더없이 좋겠는데! 나도 이제 정말이지 더는 여기 있

고 싶지 않다고!"

　그 후 아무 소리도 들려오지 않자 앨리스는 한동안 기다렸다. 마침내 작은 수레바퀴 구르는 소리가 나더니 여럿이 말하는 소리가 들렸다.

　"다른 사다리 하나는 어디 있지?"

　"난 하나밖에 안 가져왔는데. 빌이 가지고 있겠지."

　"빌! 사다리를 이리 가져와서 이쪽 구석에 세워!"

　"아니, 먼저 한데 묶어야겠는데."

　"아직 반도 안 닿아."

　"아, 이젠 될 거야. 빌! 이 밧줄을 잡아."

　"지붕이 버텨 낼까?"

　"저 지붕 석판은 헐거우니까 조심해."

　"어, 떨어진다! 머리 숙여!" (와장창 깨지는 소리가 들려왔다.)

　"이제 누가 할까?"

　"빌이 하는 게 좋겠어."

　"굴뚝으로 누가 들어가지?"

　"난 싫어. 안 해. 네가 해!"

　"나도 싫어!"

　"빌이 내려가면 되겠네."

"빌! 주인님이 너더러 굴뚝으로 내려가래!"

앨리스가 중얼거렸다.

"그러니까 빌이 굴뚝을 내려온다는 말이지? 다들 빌한테만 맡기려드는군! 난 절대 빌처럼 하지 말아야지. 벽난로가 너무 좁네. 그래도 발차기 정도는 할 수 있겠지!"

앨리스는 가능한 만큼 굴뚝 아래로 발을 당긴 채 작은 동물이 굴뚝벽을 기어 내려오는 소리가 들리기만을 기다렸다. (어떤 종류의 동물인지는 짐작되지 않았다.)

"빌이다!"

여러 사람이 외치는 소리였다.

그리고 뒤이어 흰 토끼가 외치는 소리가 들려왔다.

"울타리 옆에 있는 사람이 어서 빌을 받아!"

그러고는 조용해지더니 다시 웅성거리는 소리가 들렸다.

"머리를 받쳐 봐."

"이제 브랜디 좀 줘."

"숨 막히지 않게 조심해."

"친구! 어떻게 된 거야? 무슨 일이 있었어? 전부 다 이야기해 봐!"

아주 작고 가냘프게 우는 소리가 들려왔다. 앨리스는 빌이 울고 있다고 생각했다.

"글쎄, 저도 잘 모르겠어요. 이제 괜찮아요. 고마워요. 많이 좋아졌어요. 하지만 정신이 없어서 무슨 말을 해야 할지 모르겠어요. 인형이 튀어나오는 용수철 장난감처럼 뭐가 불쑥 나오더니 나를 로켓처럼 쏘아 올렸다니까요!"

"그래 맞아, 날아올랐어!"

"집을 태워 없애 버려야겠어!"

토끼가 말했다. 그러자 앨리스가 마구 소리를 질러 댔다.

"그렇게만 해 봐. 다이너를 시켜서 혼내 줄 테니!"

순식간에 주위가 조용해졌다.

앨리스는 생각했다.

'또 무슨 일을 꾸미는 걸까? 조금만 머리를 써서 지붕을 걷어 내면 될 텐데.'

잠시 후 다시 움직이는 소리가 들리더니 토끼가 말하는 소리가 들렸다.

"우선 손수레 한 대로 시작해 보는 거야."

앨리스는 생각했다.

'손수레라고?'

하지만 생각할 틈도 없이 작은 돌들이 소낙비처럼 창문으로 쏟아져 내렸다. 그중 몇 개는 앨리스의 얼굴로 떨어졌다.

앨리스가 중얼거렸다.

"이대론 안 되겠어."

그러고는 버럭, 소리를 질렀다.

"그만두는 게 좋을 거야!"

또다시 쥐 죽은 듯 조용해졌다.

바닥을 본 앨리스는 돌들이 전부 작은 케이크로 변한 걸 알고 깜짝 놀랐다. 순간 앨리스는 기발한 생각이 떠올랐다.

"이 케이크를 먹으면 내 키가 변할 거야. 더 커질 수는 없으니 분명히 작아질 거야."

앨리스가 케이크 한 조각을 먹자 곧바로 몸이 작아지기 시작했다. 앨리스는 아주 기뻤다. 문을 빠져나갈 수 있을 만큼 작아진 앨리스는 서둘러 집 밖으로 뛰어나갔다. 밖에는 작은 동물들과 새들이 모여 있었다. 작은 꼬마 도마뱀 빌이 기니피그 두 마리의 부축을 받으며 병에 담긴 음료를 받아 마시는 중이었다. 그러다 앨리스가 나타나자 모두 우르르 뛰어들었다. 앨리스는 있는 힘을 다해 도망을 쳤고 울창한 숲

에 몸을 숨기고서야 겨우 마음을 놓았다.

숲 속을 이리저리 헤매 다니던 앨리스가 중얼거렸다.

"먼저 내 키로 돌아가야 해. 그런 다음 아름다운 정원으로 가는 길을 찾아 들어가야지. 그게 가장 멋진 계획이야."

그것은 확실히 멋진 계획이었고 아주 간단한 방법 같았다. 단지 문제가 있다면 어떻게 시작해야 할지 도통 알 수 없다는 것이었다. 앨리스가 걱정스러운 표정으로 나무 사이를 바라보고 있는데 머리 위에서 날카롭게 짖어 대는 소리가 났다. 앨리스는 깜짝 놀라 고개를 들었다.

아주 크고 둥근 눈을 가진 큰 개 한 마리가 앨리스를 내려다보며 앞발로 앨리스를 살짝 만졌다.

"아이, 가엾기도 하지!"

앨리스는 휘파람을 불며 살살 달래는 목소리로 말했다. 하지만 개가 배가 고플지도 모른다는 생각에 덜컥 겁이 났다. 아무리 어른다고 해도 잡아먹으려 들지 모를 일이었다.

앨리스는 작은 나뭇가지 하나를 집어 들고 개를 향해 내밀었다. 그러자 개는 좋아서 펄쩍 뛰어오르더니 컹컹거리며 나뭇가지로 달려들었다. 앨리스는 다치지 않으려고 잽싸게 커다란 엉겅퀴 뒤로 몸을 피했다. 앨리스가 다른 쪽으로 모습을 드러내자 개는 나뭇가지를 향해 다시 달려들었다. 앨리스는 말놀이를 하는 것처럼 장난치는 기분으로

개의 발에 덮칠 것 같으면 엉겅퀴 더미로 숨는 것을 반복했다. 그러자 개는 앞으로 조금 달려왔다 뒤로 물러나기를 여러 번 반복하며 목이 쉬도록 짖어 댔다. 그러다 결국에는 지쳐 혀를 쭉 내밀고 숨을 헐떡이며 눈을 반쯤 감은 채 풀썩 주저앉았다.

도망치기에 아주 좋은 기회라 생각했다. 앨리스는 바로 그곳을 도망쳐 나왔다. 개 짖는 소리가 들리지 않을 때까지, 숨이 턱에 찰 때까지, 다리가 아프도록 계속 달렸다.

"그래도 정말 귀여운 개였어!"

앨리스는 미나리아재비에 기대서 그 이파리로 부채질을 했다.

"여러 재주를 가르쳐 주고 싶었는데. 내 키만 원래대로였다면……. 어머! 그러고 보니 내가 다시 커져야 한다는 걸 까맣게 잊고 있었네! 자, 이제 어떻게 하면 되지? 무언가 먹거나 마시면 될 텐데. 도대체 뭘 먹어야 하지?"

가장 중요한 문제는 도대체 무엇을 먹느냐는 것이었다. 주변에 있는 꽃과 풀잎들을 살펴보아도 이런 상황에서 마땅히 먹거나 마실 것을 찾기는 힘들 것 같았다. 앨리스는 옆에 자신의 키와 비슷한 커다란 버섯이 하나 있는 것을 보았다. 버섯 아래와 양옆, 그리고 뒤를 이리저리 살펴보던 앨리스는 무심코 꼭대기에 뭐가 있는지 한번 보는 것도 좋을 것 같다는 생각이 들었다.

까치발을 하고 버섯 위를 넘겨다보던 앨리스는 푸른색 애벌레와 눈이 딱 마주쳤다. 애벌레는 팔짱을 끼고 꼭대기에 앉아 앨리스가 아닌 누가 와도 관심 없다는 표정으로 물담배를 뻐끔뻐끔 피우고 있었다.

5. 애벌레의 충고

애벌레와 앨리스는 말없이 서로를 바라보았다. 마침내 애벌레가 입에서 물담배를 떼며 졸린 듯한 늘어진 목소리로 말을 건넸다.

"넌 누구냐?"

대화를 유쾌하게 나누기에 좋은 질문은 아니었다. 앨리스는 약간 주눅이 들어 조마조마하며 대답했다.

"저……, 이제 저도 잘 모르겠어요. 오늘 아침 잠에서 깨었을 때는 분명히 내가 누구인지 알았어요. 그런데 아침부터 지금까지 여러 번 바뀐 것 같아요."

"그게 도대체 무슨 말이야? 알아듣게 얘기해!"

애벌레가 엄하게 다그쳤다.

"저도 설명할 수가 없어요. 보시다시피 전 지금 제가 아니거든요."

앨리스가 대답했다.

"도대체 무슨 말인지 모르겠는데?"

애벌레가 말했다.

"죄송해요. 더 자세하게 설명할 수가 없어요. 하루에도 몇 번이나 키가 변하니 저도 정신이 없어서요."

앨리스가 아주 공손하게 대답했다.

"그럴 리가 있니?"

애벌레가 말했다.

"아직 잘 모르실 수도 있어요. 하지만 당신도 언젠가는 번데기가 되고, 그런 다음 또 나비가 된다면 좀 이상하지 않을까요?"

"아니!"

"그래요, 당신이라면 다를지도 모르죠. 저라면 정말 기분이 묘할 것

같거든요."

앨리스가 말했다.

"저라면? 그래, 너! 너는 누구냐?"

애벌레가 경멸스럽다는 듯이 물었다.

이렇게 대화는 다시 처음으로 돌아갔다.

애벌레의 시큰둥한 대답에 약간 짜증이 난 앨리스는 몸을 꼿꼿이 세우고 아주 진지하게 말했다.

"당신이 먼저 누구인지 말해 수셔야 할 것 같은데요."

"왜?"

뭐라 대답하기 곤란한 질문이 다시 돌아왔다. 앨리스는 마땅한 대답이 떠오르지 않았고, 애벌레의 기분이 몹시 나빠 보여서 그냥 돌아서서 가 버렸다.

"돌아와! 꼭 해 줄 말이 있어."

애벌레가 앨리스를 불러 세웠다.

귀가 솔깃해진 앨리스는 몸을 돌려 애벌레에게 돌아갔다.

"화를 참아라."

애벌레가 말했다.

"네? 그게 다예요?"

앨리스는 화가 치밀었지만 꾹 참으며 물었다.

"아니."

애벌레가 대답했다.

앨리스는 달리 할 일도 없고, 또 애벌레가 도움이 될 만한 이야기를 해 줄지도 모른다는 생각에 다음 말을 기다려 보기로 했다.

애벌레는 한동안 말없이 물담배만 피워 대더니 마침내 팔짱을 풀고 물담배를 떼며 이렇게 말했다.

"넌 스스로가 변했다고 생각하고 있구나, 그렇지?"

"아마, 그런 것 같아요. 알고 있던 것노 기억나시 않고, 10분도 채 되지 않아 키가 커졌다 작아졌다 하는걸요."

앨리스가 대답했다.

"뭐가 기억나지 않니?"

애벌레가 물었다.

"음, '아기 꿀벌'이란 시를 읊어 보려 했는데 자꾸 다른 시가 되어 버리지 뭐예요."

앨리스가 의기소침한 목소리로 대답했다.

"그럼, '아버지 윌리엄'을 외워 봐라."

애벌레가 말했다.

앨리스는 두 손을 모으고 시를 읊기 시작했다.

"아버지! 당신은 이제 늙으셨어요.

백발이 된 머리.

그 연세에도 물구나무를 계속 서시네요.

정말 괜찮으신가요?"

젊은이가 말했네.

"아들아! 내가 젊었을 때는 물구나무를 서면 머리를 다칠까 겁이

났단다.

하지만 지금은 머리가 텅 비었으니

계속하고 또 하게 되는구나."

아버지 윌리엄이 아들에게 말했네.

"아버지! 당신은 이제 늙으셨어요.

아버지도 아시다시피 살도 많이 찌셨어요.

그런데 여전히 뒤로 공중제비를 돌며 집에 들어오시니,

정말 왜 그러시는 건가요?"

젊은이가 말했네.

"아들아! 내가 젊었을 때는 팔다리가 무척 유연했지.

바로 이 연고를 써서 그랬단다. 한 상자에 1실링인 연고란다.

너도 한두 상자 사 두겠니?"

현명한 아버지 윌리엄은 백발을 휘날리며 말했네.

"아버지! 당신은 이제 늙으셨어요.

턱이 많이 약해져 비계보다 질긴 음식은 무리잖아요.

그런데 거위를 통째로 다 드셨더라고요.

세상에, 어떻게 그러신 건가요?"

젊은이가 말했네.

"내가 젊었을 때는 법을 공부해서

네 엄마와 매일 논쟁을 벌였지.

그 덕분에 턱 근육이 단단해져

이제껏 버티고 있는 것이란다."

아버지 윌리엄이 말했네.

"아버지! 당신은 이제 늙으셨어요.

눈도 예전 같지 않으실 텐데

콧등에 뱀장어를 세우고도 균형을 잡으시다니

어쩌면 그렇게 재주가 좋으신 건가요?"

젊은이가 말했네.

"내가 벌써 세 가지 질문에 답을 했으니, 이제 끝이야.

잘난 척은 그만하라고.

내가 하루 종일 네 얘기에 답을 해 주어야 하는 거니?

당장 나가라. 그렇지 않으면 계단 밑으로 걷어차 버릴 테다!"

아버지 윌리엄이 말했네.

"아니야."

애벌레가 말했다.

"몇 군데 좀 틀린 것 같아요. 단어 몇 개는 제가 바꾼 거예요."

앨리스가 시무룩하게 말했다.

"처음부터 끝까지 다 틀렸어."

애벌레가 단호하게 말했다. 그리고 한동안 서로 말이 없었다.

애벌레가 먼저 입을 열었다.

"넌, 키가 어느 정도 되면 좋겠니?"

"아, 키가 어느 정도 되는지는 그다지 중요하지 않아요."

앨리스가 얼른 대답했다.

"단지 자주 변하는 게 싫은 거죠."

"글쎄, 난 잘 모르겠는걸."

애벌레가 말했다.

앨리스는 더 이상 아무 말도 하지 않았다.

이렇게 무안을 당하니 점점 화가 나기 시작했다.

"지금 키에 만족한다는 말이니?"

애벌레가 물었다.

"글쎄요, 조금 더 크면 좋을 것 같네요. 3인치는 좀 초라해 보이잖아
요."

앨리스가 대답했다.

"딱 좋은 키인데 무슨 소리야!"

애벌레가 몸을 똑바로 세우며 말했다. (애벌레의 키는 정확히 3인치였다.)

"하지만 전 지금의 키가 어색하단 말이에요."

앨리스가 애처롭게 말하며 속으로 생각했다.

'동물들은 왜 이렇게 쉽게 화를 내는 걸까?'

"곧 익숙해질 거야."

애벌레가 말했다. 그러고는 다시 물담배를 입에 물고 피우기 시작했다.

앨리스는 애벌레가 입을 열 때까지 참을성 있게 기다렸다. 얼마 후 애벌레가 물담배를 입에서 떼더니 하품을 한두 번 하고 몸을 부르르 떨었다. 그리고 버섯 위에서 내려와 풀밭으로 기어가며 한마디 던졌다.

"한쪽은 널 커지게 해 주고, 다른 한쪽은 작아지게 만들 거야."

앨리스는 속으로 생각했다.

'무슨 한쪽? 또 무슨 다른 쪽?'

"버섯 말이야!"

애벌레는 앨리스가 묻기라도 한 것처럼 크게 외치고는 어디론가 보

이지 않는 곳으로 사라졌다.

앨리스는 잠시 버섯을 유심히 살피고 두 쪽으로 나누어 보려 했다. 하지만 버섯은 완전히 둥근 모양이라 나누기가 생각처럼 쉬운 일은 아니었다. 결국 앨리스는 두 팔을 힘껏 뻗어 버섯을 감싸고서 양손으로 가장자리 부분을 조금씩 뜯어냈다.

"한쪽이 어느 쪽이지?"

앨리스는 중얼거리며 오른손에 든 버섯을 조금 씹었다. 다음 순간 갑자기 무언가가 앨리스의 턱 아래를 상하게 치는 느낌을 받았다. 턱이 발에 부딪혔던 것이다!

갑작스러운 변화에 앨리스는 깜짝 놀랐지만 키가 급속도로 줄어들고 있었기 때문에 우물쭈물할 시간이 없었다. 그래서 빨리 버섯의 다른 쪽을 먹어 보려고 했다. 하지만 턱이 발에 딱 붙는 바람에 입을 벌릴 수가 없었다. 앨리스는 겨우 입을 벌리고 왼쪽 손의 버섯을 한 입 삼켰다.

* * *

"야호! 이제 머리가 자유롭게 움직일 수 있게 됐다!"

앨리스는 기뻐하며 소리쳤다. 하지만 다음 순간 그 기쁨은 곧 놀라

움으로 바뀌고 말았다. 어깨가 어디에도 보이지 않았던 것이다. 아래를 내려다보자 어마어마하게 길어진 목만 있을 뿐이었다. 길어진 목은 저 아래 바다처럼 펼쳐진 푸른 나뭇잎 사이로 뻗어 나온 기다란 줄기처럼 보였다.

"저 푸른 것은 도대체 뭐지? 내 어깨는 어디로 가 버린 거야? 아, 불쌍한 내 손들, 어째서 내 손이 보이지 않는 걸까?"

앨리스는 혼잣말로 중얼거리며 손을 움직여 보았다. 하지만 저 아래 푸른 잎들만 조금 흔들릴 뿐 아무 일도 일어나지 않았다.

손을 머리 위로 올릴 수 없을 것 같아 머리를 손 쪽으로 숙여 보려고 했다. 그러자 목이 뱀처럼 어느 방향으로든 쉽게 구부러졌다. 앨리스는 기뻐하며 목을 우아하게 구불구불 늘어뜨려 무성한 나뭇잎 사이로 머리를 쑥 밀어 넣었다. 앨리스는 그곳이 저 아래에서 길을 헤매며 올려다보았던 나무들의 꼭대기라는 걸 알아차렸다.

그때 어디선가 쉭 하는 소리가 들려와 앨리스는 얼른 목을 빼고 물러섰다. 크나큰 비둘기 한 마리가 앨리스의 얼굴을 향해 세찬 날갯짓으로 내려쳤다.

"이놈의 뱀!"

비둘기가 소리쳤다.

"난 뱀이 아니야! 그만해!"

앨리스가 화를 내며 소리쳤다.

"뱀이야, 뱀!"

비둘기가 되풀이해 말했다. 이번에 목소리는 한결 누그러졌고 조금 흐느끼듯 이렇게 덧붙였다.

"모든 노력을 다해 봤지만 소용이 없어!"

"무슨 얘기인지 하나도 모르겠어."

앨리스가 말했다.

"나무뿌리에서도 해 봤고, 강둑에서도 해 봤고, 울타리에서도 해 봤다고. 그런데 뱀을 당해 내는 건 하나도 없었어!"

비둘기는 앨리스의 말은 신경도 쓰지 않고 계속 말을 이었다.

"너희 때문에 어떻게 할 수가 없다니까!"

앨리스는 점점 더 알아들을 수 없었지만 비둘기가 말을 마칠 때까지는 어떤 말을 해도 소용이 없다고 생각했다.

"알 품는 것도 얼마나 힘든데 뱀까지 감시해야 하다니! 지난 3주 동안 한숨도 못 잤단 말이야!"

"저런, 정말 힘들었겠구나!"

앨리스는 점차 비둘기의 말이 이해되기 시작했다.

"이제 숲에서 제일 높은 나무에 자리를 잡고, '더 이상 뱀 때문에 걱정할 일은 없겠지.' 생각하던 참이었는데, 이번에는 하늘에서까지 꿈

틀꿈틀 기어 내려오다니! 아이고, 지겨운 뱀아!"

앨리스가 말했다.

"하지만 난 뱀이 아니야! 난…… 난……."

비둘기가 물었다.

"그럼, 너는 뭔데? 또 뭔가 일을 꾸미고 있는 거 다 알아!"

비둘기가 다그쳤다.

"난, 난 그냥 작은 여자아이일 뿐이야."

앨리스는 오늘 자신이 몇 번이나 변했는지를 떠올리며 자신 없이
대답했다.

"정말 말도 안 돼! 내가 지금껏 많은 여자애들을 봤지만 너처럼 이
렇게 목이 긴 애는 한 번도 본 적이 없어! 아니, 아니야! 넌 분명 뱀이
야. 아니라고 우겨도 소용없어. 또 알 같은 건 한 번도 맛본 적 없다고
말할 거잖아!"

비둘기가 경멸하는 말투로 말했다.

"물론 알은 먹어 봤어. 하지만 여자애들도 뱀이 먹는 것만큼이나 많
은 알을 먹는다고."

거짓말을 할 줄 모르는 정직한 앨리스가 사실대로 말했다.

"난 믿을 수 없어. 하지만 만약 여자애들도 알을 먹는다면 그건 뱀
이나 마찬가지야."

앨리스는 생각지 못한 뜻밖의 대답에 잠시 할 말을 잃었다. 그사이 비둘기가 다시 말을 이었다.

"넌 알을 찾고 있는 중이지. 내 눈은 못 속여. 그러니 네가 여자아이 건 뱀이건 그게 중요한 문제는 아니잖아?"

"나한테는 정말 중요한 문제야."

앨리스가 다급히 말했다.

"난 알을 찾고 있는 게 아니야. 또 만약 알을 찾는다 해도 네 알은 싫어. 난 날것을 싫어하거든."

"그래, 그럼 가 봐!"

비둘기는 퉁명스럽게 쏘아붙이고 다시 둥지로 날아가 앉았다.

앨리스는 나뭇가지에 자꾸 목이 엉키어 될 수 있는 한 나무 아래로 목을 웅크렸다. 그리고 나뭇가지에 엉킨 목을 풀기 위해 잠시 멈추어야 했다. 얼마 뒤 앨리스는 아직 버섯을 손에 들고 있다는 사실을 깨달았다. 그래서 아주 조심스럽게 한쪽을 뜯어 먹고, 다시 다른 쪽 버섯을 번갈아 먹던 앨리스는 커졌다 작아졌다를 반복하다 마침내 원래 키로 돌아오는 데 성공했다.

키가 정상으로 돌아온 게 오랜만이라 처음에는 기분이 좀 이상했다. 하지만 곧 익숙해졌고 예전처럼 혼잣말을 하기 시작했다.

"이제 내 계획의 반은 이뤘어! 키가 자꾸 바뀌다니 정말 신기한 일

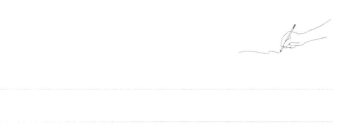

이야! 또 어느 순간 어떻게 변할지 알 수가 없어! 하지만 이제 본래 모습으로 돌아왔으니 아름다운 정원으로 들어가야겠지. 그런데 무슨 수로 들어가지?"

앨리스가 혼잣말을 중얼거리고 있는데 갑자기 넓은 들판이 눈앞에 펼쳐졌다. 그곳에는 높이가 4피트쯤 되는 작은 집이 있었다.

앨리스는 생각했다.

'저 집에는 누가 살고 있는 걸까? 하지만 이런 키로는 만날 수 없어. 다들 깜짝 놀라 겁을 먹을 테니까!'

그래서 앨리스는 오른손에 든 버섯을 다시 조금 뜯어 먹었고, 키가 9인치로 줄어들자 집으로 향했다.

6. 돼지와 후춧가루

앨리스가 그 집을 바라보며 이제 무엇을 해야 할지 궁리하고 있는데, 갑자기 제복을 입은 하인이 숲에서 뛰어나오더니 주먹으로 문을 세게 두드렸다. (앨리스는 그가 제복을 입었기 때문에 하인이라고 생각했다. 하지만 사실 얼굴만 보면 물고기라고 해야 할 것 같았다.) 그러자 제복을 입은 또 다른 하인이 문을 열어 주었는데 개구리처럼 눈이 크고 둥글둥글한 얼굴이었다. 둘 다 분을 바른 곱슬머리를 하고 있었다. 궁금증이 생긴 앨리스는 대화를 듣기 위해 숲에서 살금살금 기어 나왔다.

물고기 하인은 자기만큼이나 큰 편지 봉투를 겨드랑이에서 빼더니 개구리 같은 하인에게 건네며 근엄하게 말했다.

"여왕 폐하께서 공작 부인께 보내신 크로케 경기 초대장입니다."

개구리 하인도 단어의 순서만 살짝 바꾸어 근엄하게 말했다.

"여왕 폐하께서 공작 부인에게 보내신 크로케 경기 초대장이군요."

그런 다음 두 하인은 머리 숙여 인사를 했는데 곱슬머리가 서로 뒤엉켰다. 앨리스는 이 모습을 보고 웃음을 터뜨렸는데, 두 하인이 웃음소리를 들었을까 겁이 나서 얼른 숲 속으로 들어갔다. 다시 고개를 내밀어 슬쩍 보니 물고기 하인은 이미 갔는지 보이지 않았고 개구리 같

은 하인만 문 옆 바닥에 앉아 하늘을 멍하니 올려다보고 있었다.

앨리스가 조심스럽게 다가가 문을 두드렸다.

"문을 두드려 봐야 소용없어."

하인이 말했다.

"두 가지 이유가 있어. 첫째는 내가 너처럼 문밖에 있기 때문이고, 둘째는 안이 너무 시끄러워 아무도 문 두드리는 소리를 들을 수 없기 때문이야."

그리고 보니 안쪽에서 굉장한 소음이 새어 나오고 있었다. 계속되

는 고함 소리와 재채기 소리, 이따금씩 접시나 주전자가 산산조각이 나고 부서지는 소리가 들려왔다.

"그럼 어떻게 해야 들어갈 수 있나요?"

앨리스가 물었다.

하인은 앨리스의 말을 무시한 채 계속 말을 이었다.

"우리 사이에 문이 있다면 네가 문을 두드릴 수 있겠지. 그리고 네가 안에서 문을 두드리면 내가 문을 열어 널 내보내 줄 거야."

하인이 말하는 동안 계속 하늘만 쳐다보았으므로 앨리스는 정말 무례하다고 생각하며 중얼거렸다.

"눈이 머리 꼭대기에 달려 있으니 어쩔 수 없는지도 몰라! 그래도 대답 정도는 해 줄 수 있지 않을까?"

앨리스는 다시 소리 높여 물었다.

"어떻게 해야 안에 들어가죠?"

"난 내일까지 여기에 앉아 있을 거야."

하인이 짧게 대꾸했다.

바로 그때 문이 열리고 커다란 접시가 하인의 머리 쪽을 향해 세차게 날아왔다. 하인의 코끝을 슬쩍 스치고 지나간 접시는 뒤편 나무에 부딪혀 산산조각으로 부서졌다.

"어쩌면 모레까지일지도 모르고."

하인은 마치 아무 일도 없었던 것처럼 태연하게 말했다.

"어떻게 해야 들어갈 수 있는데요?"

앨리스가 목소리를 높여 다시 물었다.

"정말 안에 들어가려고 하는 거니? 그게 제일 중요한 문제지."

하인이 말했다.

맞는 말이었다. 하지만 앨리스는 그런 방식으로 하는 말을 듣고 싶지 않았다. 앨리스는 혼잣말로 투덜거렸다.

"동물들이 말하는 방식은 하나같이 따지려고만 드니 정말 지긋지긋해 미치겠어!"

하인은 자신이 한 말을 조금 다르게 바꿔 다시 한 번 되풀이했다.

"난 일이 있으나 없으나 며칠이고 여기 앉아 있을 거야."

"그럼, 난 어떡하면 좋죠?"

앨리스가 물었다.

"그거야 네 맘이니 하고 싶은 대로 하렴."

하인은 이렇게 말하고는 휘파람을 불기 시작했다.

"자꾸 얘기해 봐야 소용없겠어. 완전 바보잖아!"

앨리스가 실망해서 말했다. 그리고는 직접 문을 열고 안으로 들어갔다.

문을 열자 바로 커다란 부엌이 보였는데, 부엌은 온통 연기로 자욱

했다. 공작 부인은 부엌 한가운데 놓인 세 발 의자에 앉아 아기를 어르고 있었다. 요리사는 화덕 위로 몸을 숙인 채 수프가 가득 끓고 있는 듯한 커다란 솥을 휘젓고 있었다.

"저 수프에 후추를 너무 많이 넣은 게 분명해!"

앨리스가 재채기를 간신히 참으며 중얼거렸다.

방 안이 후춧가루 냄새로 너무 매웠다. 공작 부인도 간간이 재채기를 했다. 아기는 쉬지 않고 재채기를 하면서 자지러지게 울었다. 부엌에서 재채기를 하지 않는 건 요리사와 고양이뿐이었는데 그 고양이는 입이 귀에 걸릴 정도로 웃으며 난롯가에 앉아 있었다.

앨리스는 먼저 말을 거는 것이 실례가 되지 않을까 걱정하며 조심스럽게 물었다.

"저, 저 고양이는 왜 저렇게 웃는 거예요?"

공작 부인이 대답했다.

"체셔 고양이니까 그렇지. 그것도 모르니? 이 돼지야!"

공작 부인이 갑자기 말끝을 거칠게 내뱉는 바람에 앨리스는 깜짝 놀랐다. 그러나 그 말이 자신이 아니라 아기에게 하는 말인 것을 알고 용기를 내어 다시 말을 붙였다.

"체셔 고양이가 항상 저렇게 웃는다는 것은 몰랐네요. 사실 고양이가 웃을 수 있다는 것도 몰랐지만요."

"고양이들은 다 웃을 수 있어."

공작 부인이 말했다.

"네. 전 그런 줄 몰랐어요."

앨리스는 공작 부인과 대화를 나누게 됐다는 사실에 기뻐하며 아주 공손하게 말했다.

"넌 정말 모르는 게 많구나."

앨리스는 공작 부인의 말투가 마음에 들지는 않았다. 그래서 화제를 돌리는 게 좋겠다고 생각했다. 앨리스가 무슨 얘기를 할까 골똘히 생각하는 사이 요리사가 화덕에서 수프 솥을 내려놓더니 손에 잡히는

대로 물건을 집어 공작 부인과 아기에게 마구 던지기 시작했다. 먼저 부지깽이가 날아갔고, 그다음에는 냄비와 접시들이 계속해서 날아갔다.

공작 부인은 물건들을 맞으면서도 꿈쩍하지 않았고 아기는 계속 울고 있었던 터라 맞아서 우는 건지 아닌지 분간하기 힘들었다.

"지금 뭐하는 거예요!"

앨리스가 공포에 질려서 펄쩍펄쩍 뛰며 소리쳤다.

"오, 맙소사, 귀여운 아기 코가 다치겠어요!"

커다란 냄비가 아기 코를 스치고 날아가는 바람에 하마터면 코가 떨어져 나갈 뻔했다.

"모두가 남의 일에 상관하지 않고 자기 일에만 신경을 쓴다면 세상은 지금보다 훨씬 더 빨리 돌아갈 텐데."

공작 부인이 거친 목소리로 투덜거렸다.

"빨리 돌아간다고 해서 그다지 좋을 건 없을걸요."

앨리스는 자기가 알고 있는 지식을 뽐낼 좋은 기회라 생각하며 이렇게 말했다.

"낮과 밤을 생각해 보세요! 지구가 한 바퀴 회전하는 데 스물네 시간이 걸리고……."

"뭐라고? 당장 저 아이의 목을 베어라!"

공작 부인이 말했다.

앨리스는 요리사가 공작 부인의 말을 알아들었을까 걱정이 되어 요리사의 눈치를 살폈다. 그러나 요리사는 수프를 젓는 데에만 정신이 팔려 있었다. 앨리스가 다시 말을 이었다.

"스물네 시간이 맞을 텐데, 아니면 열두 시간인가? 저……."

"아, 귀찮게 좀 하지 마. 숫자라면 아주 질색이야!"

공작 부인이 말했다.

공작 부인은 다시 아기를 어르기 시작했다. 아기를 어르며 자장가 비슷한 노래를 불렀는데 한 소절이 끝날 때마다 아기를 심하게 흔들었다.

어린 녀석에겐 함부로 말하자.

재채기를 하면 소리치며 손맛을 보여 주자.

오로지 어른들을 약 올리려고

재채기를 하는 것뿐이지.

합창

(요리사와 아기도 함께)

와! 와! 와!

공작 부인은 노래의 2절을 부르면서 아기를 격렬하게 위아래로 흔들었고, 그때마다 불쌍한 아기가 숨이 넘어갈 것처럼 울어 댔는데 그 소리가 어찌나 큰지 앨리스가 가사를 알아듣지 못할 정도였다.

난 아이에게 엄격하게 말한다네.
재채기를 하면 소리치며 손맛을 보여 주지.
아이도 마음만 먹으면
후추를 즐길 수 있으니까!

합창
와! 와! 와!

"자! 네가 괜찮다면 아기를 좀 안고 있든가!"
공작 부인이 앨리스에게 아기를 던져 주며 말했다.
"난 여왕 폐하의 크로케 경기에 갈 준비를 해야 하거든."
공작 부인은 서둘러 부엌을 빠져나갔다. 요리사는 공작 부인이 나가자 그 뒤에 대고 프라이팬을 던졌지만 아슬아슬하게 빗나갔다.
앨리스는 아기를 안고 있는 게 좀 힘들었다. 아기는 생김새가 좀 이상한 데다가 팔다리를 사방으로 뻗은 것이 앨리스가 보기에는 마치

'불가사리' 같았다. 앨리스가 아기를 받아 들었을 때 가엾은 아기는 증기 기관차처럼 콧김을 뿜으며 몸을 오므렸다 폈다 꼼지락댔다. 그 바람에 처음 얼마간은 아기를 안고 있는 것이 무척 힘들었다.

앨리스는 아기를 다루는 법 (마치 매듭을 묶듯 아기의 몸을 비틀고 오른쪽 귀와 왼쪽 발을 꼭 붙잡아 옴짝달싹 못하게 하는 방법)을 알아내자 아기를 집 밖으로 데리고 나왔다.

'내가 데려가지 않으면 하루 이틀도 안 돼서 이 사람들 손에 죽고 말 거야. 그러니 그냥 두고 가는 건 살인이나 다름없지.'

앨리스가 마지막 말을 소리 내어 말하자 아기가 대답이라도 하듯 꿀꿀거렸다. (이때쯤 아기의 재채기는 멎은 상태였다.)

"꿀꿀거리지 좀 마. 그건 너와 어울리지 않는 소리야."

앨리스가 말했다.

하지만 아기는 다시 꿀꿀거렸으므로 앨리스는 뭔가 문제가 있나 싶

어 아기의 얼굴을 걱정스러운 눈으로 들여다보았다. 아기는 코가 심하게 접혀 올라간 들창코 모양이었는데, 코라기보다는 주둥이에 가까워 보였다. 눈도 다른 아기들에 비해 훨씬 작아지고 있었다. 앨리스는 이런 변화들을 좋아할 수 없었다.

'아마도 너무 울어서 그런지도 몰라.'

이렇게 생각한 앨리스는 눈물이 고여 있는지 보려고 다시 한 번 눈을 살폈다. 그러나 눈물은 한 방울도 보이지 않았다. 앨리스는 심각하게 말했다.

"오! 아가야! 네가 만일 돼지로 변한다면 난 더 이상 널 돌봐 줄 수 없어. 알겠니?"

아기는 가엾게도 다시 징징거리기 시작했고(아니 꿀꿀거렸다고 해야 하나? 뭐라고 표현하기가 어렵다.) 앨리스는 아기를 안은 채 한동안 말없이 길을 걸어갔다.

앨리스는 문득 이런 생각이 들었다.

'이 아기를 집에 데려가서 이제 어떻게 해야 하지?'

그때 아기가 다시 더 심하게 꿀꿀거렸고 그 소리에 깜짝 놀란 앨리스가 아기의 얼굴을 들여다보았다. 이번에는 의심할 여지가 없이 더도 덜도 아닌 딱 돼지였다. 앨리스는 돼지를 안고 간다는 게 바보 같은 일처럼 느껴졌다.

그래서 그 작은 동물을 바닥에 내려놓았고 그 동물이 종종거리며 숲으로 걸어 들어가는 모습을 보며 마음을 놓았다.

앨리스가 혼잣말로 중얼거렸다.

"만일 사람이었다면 아주 못생긴 아이로 자랐을 거야. 하지만 돼지치고는 꽤나 잘생긴 편이야."

그러고는 자기가 알고 있는 친구들 중에 돼지와 닮은 친구들을 떠올리며 말했다.

"그 친구들을 돼지로 바꿀 방법을 알면 좋을 텐데……."

그때 앨리스는 조금 떨어져 있는 나뭇가지 위에 체셔 고양이가 앉아 있는 것을 보고 깜짝 놀랐다.

고양이는 앨리스를 쳐다보며 웃고 있었다. 순해 보이기는 했지만 기다란 발톱에 날카로운 이빨을 보자 섣불리 대하면 안 되겠다는 생각이 들었다.

"고양이야!"

앨리스는 고양이가 좋아할지 어떨지 몰라 조심스럽게 말을 건넸다.

하지만 고양이는 좀 더 크게 미소를 지어 보일 뿐이었다.

'그래, 아직까지는 기분이 좋은 모양이야.'라고 생각한 앨리스는 계속 말을 이었다.

"내가 여기서 어느 길로 가야 하는지 가르쳐 줄래?"

"그건 네가 어디로 가고 싶은 건지
에 달렸어."

고양이가 대답했다.

"난 어디라도 상관없는데……."

앨리스가 말했다.

"그럼 어디로든 가면 되지."

고양이가 대꾸했다.

"그러니까 어디든 도착하기만 한다
면……."

앨리스가 설명을 덧붙였다.

"그럼, 오래 걷다 보면 분명 어딘가

에 도착할 수 있을 거야."

고양이가 말했다.

틀린 말은 아니었다. 앨리스는 다른 질문을 던졌다.

"그곳에는 누가 살고 있니?"

고양이가 오른발을 치켜들며 말했다.

"저쪽에는 모자 장수가 살고……."

이번에는 왼발을 치켜들며 말했다.

"저쪽에는 3월 토끼가 살아. 어차피 둘 다 미쳤으니 마음에 드는 쪽
으로 들러 봐."

"하지만 난 미친 사람들에게는 가기 싫어."

앨리스가 말했다.

"나도 그건 어쩔 수 없어. 여기 있는 사람들은 다 미쳤으니까. 너도
나도 미쳤으니까."

고양이가 말했다.

"내가 미친 건 네가 어떻게 알아?"

앨리스가 물었다.

"넌 분명 미쳤어. 미치지 않았다면 여기까지 올 리가 없거든."

고양이가 대답했다.

앨리스는 그 말을 인정하고 싶지 않았지만 계속해서 물었다.

"그러면 네가 미쳤다는 건 어떻게 알아?"

"우선, 개는 미치지 않았어. 그건 너도 인정하지?"

"그런 것 같아."

앨리스가 대답했다.

"그래 좋아, 너도 알다시피 개는 화가 나면 으르렁거리고 기분이 좋으면 꼬리를 흔들지. 하지만 나는 기분이 좋으면 으르렁거리고, 화가 나면 꼬리를 흔든단 말이야. 그러니 내가 미쳤지."

"으르렁거리는 게 아니라 가르랑거리는 거겠지."

앨리스가 말했다.

"좋을 대로 생각해. 그런데 너도 오늘 여왕님과 크로케 경기를 하니?"

고양이가 물었다.

"나도 정말 하고 싶어. 그런데 아직 초대를 받지 못했어."

"그럼 그곳에서 다시 만나게 될 거야."

고양이는 이 말을 남기고 사라졌다.

앨리스는 이제 이상한 일이 일어나는 것에 익숙해진 나머지 그리 놀라지도 않았다. 고양이가 있던 자리를 물끄러미 바라보고 있는데 갑자기 고양이가 다시 나타났다.

"그런데 아기는 어떻게 된 거야? 그걸 물어본다는 걸 깜빡했네."

고양이가 물었다.

"돼지로 변해 버렸어."

고양이가 돌아온 게 자연스러운 듯 앨리스가 담담하게 대답했다.

"그럴 줄 알았어."

고양이는 이렇게 말하고 다시 자취를 감추었다.

앨리스는 고양이가 다시 돌아오지 않을까 기대하며 잠시 그 자리에서 기다렸다. 하지만 고양이가 나타나지 않았고 잠시 후에 앨리스는 3월 토끼가 산다는 쪽으로 걸음을 떼기 시작했다.

"모자 장수라면 전에도 본 적이 있어. 3월 토끼를 만나는 게 훨씬 재미있을 거야. 지금은 5월이니까 적어도 3월보다는 덜 미쳐 있겠지."

앨리스가 혼잣말로 중얼거리다 고개를 든 순간 나뭇가지 위에 앉아 있는 고양이가 또 눈에 들어왔다.

"너, 좀 전에 돼지로 변했다고 했니, 데이지로 변했다고 했니?"

고양이가 물었다.

"돼지로 변했다고 했어."

앨리스가 대답했다.

"그리고 이렇게 갑자기 나타났다 사라졌다 하지 않았으면 좋겠어. 너무 정신이 없단 말이야."

"알았어."

고양이가 대답했다.

그리고 이번에는 아주 천천히 사라졌다. 꼬리 끝부터 시작해 입가의 웃음까지 아주 서서히 사라졌는데, 다른 부분이 없어진 후에도 웃음은 한참 동안 남아 있었다.

'오, 맙소사! 웃지 않는 고양이는 봤지만 몸도 없이 웃음만 남아 있는 고양이라니! 세상에 태어나서 이렇게 이상한 일은 처음이야!'

앨리스는 혼자 생각했다.

얼마 후 앨리스는 3월 토끼가 사는 집으로 보이는 곳에 이르렀다. 앨리스는 그 집에 토끼가 사는 것이 틀림없다고 생각했다. 지붕은 털로 덮여 있었고, 굴뚝은 토끼 귀 모양으로 생겼기 때문이었다. 이번에

는 집이 너무 커서 선뜻 들어갈 용기가 나지 않았다. 앨리스는 왼손에 든 버섯을 조금 먹어 키를 2피트 정도까지 키웠다. 그러고도 용기가 나지 않아 머뭇거리며 중얼거렸다.

"만약 토끼가 미쳐 날뛰면 어쩌지! 차라리 모자 장수를 만나러 갈 걸 그랬나 봐!"

7. 이상한 다과회

집 앞 나무 아래에 식탁이 차려져 있고, 3월 토끼와 모자 장수가 식탁에 둘러앉아 함께 차를 마시고 있었다. 겨울잠쥐는 둘 사이에 엎드려 깊이 잠이 들었는데, 둘은 겨울잠쥐를 쿠션처럼 쓰면서 그 위에 팔꿈치를 기대며 겨울잠쥐의 머리 너머로 이야기를 나누고 있었다.

앨리스는 생각했다.

'겨울잠쥐가 무척 힘들겠는걸. 하긴 깊이 잠들었으니 괜찮을지도 모르지만.'

식탁이 꽤 커다란데도 모두 한쪽 구석에 몰려 앉아 있었다.

앨리스가 다가오는 걸 보고 3월 토끼와 모자 장수가 소리를 질러 댔다.

"자리가 없어! 더는 자리가 없다고!"

"자리는 충분한데요!"

앨리스는 퉁명스럽게 말하며 탁자 한쪽에 있는 커다란 팔걸이 안락 의자에 앉았다.

"포도주 좀 마셔."

3월 토끼가 부드럽게 말했다.

앨리스가 식탁을 둘러보았지만 차 말고는 아무것도 보이지 않았다.

"포도주는 안 보이는데요?"

앨리스가 물었다.

"그래, 포도주는 없어."

3월 토끼가 대답했다.

"있지도 않은 포도주를 권하는 건 예의가 아니죠!"

앨리스가 화를 내며 말했다.

"초대하지 않았는데 제멋대로 자리에 와 앉는 것이야말로 예의가

아니지."

3월 토끼가 대꾸했다.

"당신들 탁자인 줄 몰랐어요. 여러 사람이 앉으라고 둔 탁자인 줄 알았죠."

앨리스가 말했다.

"넌 머리를 좀 자르지 그러니."

한참 동안 호기심 어린 눈길로 앨리스를 바라보던 모자 장수가 처음으로 입을 열었다.

"남의 프라이버시를 건드리는 건 아주 무례한 행동이에요."

앨리스가 퉁명스럽게 밀했다.

이 말을 들은 모자 장수는 눈이 휘둥그레졌지만 이렇게 말할 뿐이었다.

"까마귀랑 책상이랑 뭐가 닮았을까?"

앨리스는 생각했다.

'아, 이제야 좀 재미있어지는걸! 수수께끼 놀이라면 좋아.'

그러고는 큰 목소리로 말했다.

"제가 답을 맞힐 수 있을 것 같아요."

"그러니까 네가 정말로 답을 맞힐 수 있다는 거야?"

3월 토끼가 물었다.

"네, 그럼요."

앨리스가 대답했다.

"그렇다면 네가 생각한 대로 말해야 해."

3월 토끼가 말했다.

"지금도 그러고 있어요. 내가 말하는 것은 내가 생각한 거예요. 어차피 그 말이 그 말이잖아요."

앨리스가 허둥대며 대답했다.

"아니, 그 말이 그 말은 아니지! '나는 내가 먹을 것을 본다.'와 '나는 내가 보는 것을 먹는다.'가 어떻게 같은 말이야?"

모자 장수가 말했다.

"'나는 내가 가진 것을 좋아한다.'와 '나는 내가 좋아하는 것을 가지고 있다.'라고 말하는 게 어디가 같아?"

3월 토끼까지 한 수 거들며 말했다.

"'나는 잠을 잘 때 숨을 쉰다.'와 '나는 숨을 쉴 때 잠을 잔다.'가 어디가 같아?"

겨울잠쥐가 잠꼬대하듯 한마디 덧붙였다.

"겨울잠쥐! 너한테는 그 말이 그 말이겠지."

갑자기 대화가 뚝 끊겼고 다들 한동안 말없이 앉아 있었다. 그사이 앨리스는 까마귀와 책상에 대해 골똘히 생각해 보았지만 딱히 떠오르는 게 없었다.

"오늘이 며칠이지?"

모자 장수가 먼저 침묵을 깨고 앨리스를 돌아보며 물었다. 주머니에서 시계를 꺼내 흔들어 보기도 하고 귀에 갖다 대 보기도 하다가 불안한 표정으로 시계를 들여다보았다.

앨리스는 잠시 날짜를 생각한 뒤 말했다.

"오늘은 4일이에요."

"시계가 이틀이나 틀리잖아!"

모자 장수가 한숨을 내쉬며 소리쳤다.

"내가 버터 기름은 시계에 안 맞는다고 했지!"

모자 장수가 화난 눈으로 3월 토끼를 노려보았다.

"제일 좋은 버터였는데……."

3월 토끼가 풀이 죽어 대꾸했다.

"그래? 그렇다면 아무래도 빵 부스러기가 들어간 게 틀림없어. 빵 칼로 버터를 넣는 게 아니었는데……."

모자 장수가 투덜거렸다.

3월 토끼가 시계를 들고 침울하게 바라보더니, 시계를 찻잔 속에 집어넣고 다시 들여다보았다. 그러나 더 좋은 방법이 떠오르지 않는지 같은 말만 되풀이했다.

"제일 좋은 버터였는데……."

호기심이 발동한 앨리스는 토끼의 어깨 너머로 시계를 바라보다 이

렇게 말했다.

"정말 웃기는 시계네! 날짜는 나오는데 시간은 안 나오잖아!"

"그게 뭐가 웃긴다는 거니? 그럼 네 시계에는 연도가 표시된다는 거니?"

모자 장수가 투덜거렸다.

"물론 그건 아니죠. 하지만 연도는 오랫동안 같으니까 굳이 시계에 표시할 필요는 없잖아요."

앨리스가 망설임 없이 대답했다.

"그건 내 시계도 마찬가지야."

모자 장수가 대꾸했다.

앨리스는 어리둥절해졌다. 모자 장수는 분명 말을 하고 있었지만 앨리스에게는 아무런 뜻이 없는 말처럼 들렸다.

"도대체 무슨 말인지 잘 모르겠어요."

앨리스는 아주 공손하게 말했다.

"겨울잠쥐가 또 잠들었나 봐."

모자 장수는 이렇게 말하며 겨울잠쥐의 코에 뜨거운 차를 조금 부었다.

겨울잠쥐가 뜨거워서 머리를 흔들더니 눈도 뜨지 않은 채 말했다.

"그래, 맞아. 내가 방금 그 말을 하려던 참이었어."

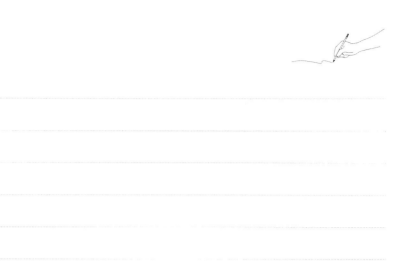

"이제 그 수수께끼는 풀었니?"

모자 장수가 다시 앨리스를 돌아보며 물었다.

"잘 모르겠어요. 포기할래요. 답이 뭐예요?"

앨리스가 말했다.

"나도 몰라."

모자 장수가 말했다.

"나도."

3월 토끼가 이어 말했다.

앨리스는 한숨을 내쉬었다.

"차라리 그 시간에 다른 일을 하지 그래요? 답도 없는 수수께끼를 푸느라 시간을 낭비하지 말고요."

앨리스가 말했다.

"만약 네가 나만큼이나 '시간'을 잘 안다면 시간을 낭비한다고 말하진 못할 거야. 이건 '시간'이 아니라 '그 사람'에 대한 이야기니까."

"무슨 말인지 모르겠어요."

앨리스가 대꾸했다.

"모르는 게 당연하지! 넌 시간과 만나 이야기해 본 적이 없을 테니까!"

모자 장수는 앨리스를 경멸하듯 고개를 들고 말했다.

"그건 그래요."

앨리스가 조심스레 말을 받았다.

"하지만 음악 수업을 받을 때 시간에 맞춰 박자를 맞춰야 한다고 배웠어요."

모자 장수가 말했다.

"아! 이제 알겠군. 그래서 시간은 맞는 걸 싫어하는구나. 네가 만약 시간이랑 잘 지낸다면 시간은 네가 원하는 대로 시계를 맞춰 줄 거야. 예를 들어 수업이 시작되는 아침 아홉 시에 네가 시간한테 살짝 귀띔해 주면 시계는 네가 좋아하는 대로 다해 줄 거야. 시계 바늘을 눈 깜짝할 사이에 돌려놓을 거야! 한 시 반, 점심 먹을 시간이 되는 거지!"

"지금이 점심 먹을 시간이라면 얼마나 좋을까."

3월 토끼가 중얼거렸다.

"정말 신 나는 일이네요. 하지만 그렇게 되면 배가 고프지 않을 것 같은데요."

앨리스가 심각하게 말했다.

"처음엔 그럴지도 모르지. 하지만 네가 원한다면 계속해서 한 시 반에 머물 수도 있어."

모자 장수가 말했다.

"당신도 그렇게 하나요?"

앨리스가 물었다.

모자 장수가 슬픈 표정으로 고개를 가로저었다.

"아니! 우리는 지난 3월에 싸웠단다. 토끼가 미치기 바로 전이었지. (찻숟가락으로 3월 토끼를 가리키며) 그때 난 하트 여왕님이 연 멋진 음악 대회에서 이렇게 노래를 불렀지."

반짝, 반짝, 작은 박쥐!
무얼 하고 있나요?

"너도 아는 노래지?"

"비슷한 노래는 들어 봤어요."

앨리스가 대답했다.

"그다음 소절은 이렇게 되잖아."

모자 장수가 계속 노래를 불렀다.

196

하늘을 나는 쟁반처럼

온 세상 높이 날아서

반짝, 반짝…….

이때 겨울잠쥐가 몸을 흔들며 잠결에 노래를 부르기 시작했다.

"반짝, 반짝, 반짝, 반짝…….."

겨울잠쥐의 노래가 계속되자 모자 장수와 3월 토끼는 노래를 그만 부르게 하려고 겨울잠쥐의 살을 꼬집었다.

모자 장수가 말했다.

"그런데 1절이 다 끝나기도 전에 여왕님이 벌떡 일어나 소리를 지르는 거야. '시간을 죽이고 있는 저 놈의 목을 당장 쳐라!' 하고 말이야."

"너무 잔인해요!"

앨리스가 놀라 소리쳤다.

모자 장수가 슬픈 얼굴로 계속 말을 이었다.

"그 이후부터 시간이 내 부탁을 하나도 들어주지 않아! 그래서 언제나 여섯 시야."

앨리스는 반짝 하고 어떤 생각이 떠올랐다.

"그래서 찻잔이 많이 놓여 있는 거군요?"

앨리스가 물었다.

"그래, 맞아."

모자 장수가 한숨을 내쉬며 말했다.

"항상 차 마시는 시간이다 보니 찻잔을 씻을 시간이 없거든."

"그래서 계속 자리만 옮겨 앉는 거군요?"

앨리스가 물었다.

"그렇지, 차를 다 마시면 자리만 옮겨 앉지."

"하지만 다시 처음 자리로 돌아오면 어떡하죠?"

앨리스가 물었다.

이때 3월 토끼가 하품을 하며 끼어들었다.

"우리 다른 이야기를 하자. 이제 그 얘기라면 지긋지긋해. 이 어린 아가씨 이야기 한번 들어 보는 건 어떨까요?"

"전 아는 이야기가 없는데요."

앨리스가 토끼의 말에 깜짝 놀라며 말했다.

"그렇다면 겨울잠쥐에게 하라고 하자! 겨울잠쥐야! 이제 그만 일어나!"

3월 토끼와 모자 장수가 함께 외쳤다.

그리고는 양쪽에서 겨울잠쥐를 꼬집어 깨웠다.

겨울잠쥐가 간신히 눈을 뜨더니 목이 잠긴 소리로 조용히 말했다.

"나 안 잤어. 너희들이 하는 이야기 다 들었는걸."

"이야기 하나 들려줘!"

3월 토끼가 말했다.

"네, 이야기를 들려주세요!"

앨리스도 간절히 부탁했다.

"빨리 이야기해. 그렇지 않으면 넌 또 이야기가 끝나기도 전에 잠들 거잖아."

모자 장수가 재촉했다.

"옛날 옛날에 어린 세 자매가 살았습니다."

겨울잠쥐가 서둘러 이야기를 시작했다.

"세 자매의 이름은 엘시, 레이시, 틸리였는데 우물 바닥에서 살았답니다."

"뭘 먹고 살았어요?"

먹고 마시는 문제에 대해 유독 관심이 많은 앨리스가 물었다.

"당밀을 먹고 살았습니다."

잠시 생각하고 겨울잠쥐가 말했다.

"그럴 리가 없어요. 그랬다면 분명 탈이 났을 텐데요."

앨리스가 심각하게 말했다.

"그래, 맞아. 자매들은 몹시 아팠습니다."

겨울잠쥐가 이야기했다.

앨리스는 자매들이 어떻게 살았을까 상상하다가 너무 혼란스러워 다시 물었다.

"그런데 왜 우물 바닥에서 살았어요?"

"차를 좀 더 마실래?"

3월 토끼가 앨리스에게 진심으로 권했다.

"난 아직 아무것도 마시지 않았어요. 그러니 좀 더 마실 수가 없죠."

기분이 상한 앨리스가 대꾸했다.

"아무것도 마시지 않았을 때 더 마신다는 것은 말이 되지. 덜 마시는 게 말이 안 되지."

모자 장수가 말했다.

"아무도 당신 의견을 묻지 않았어요."

앨리스가 퉁명하게 말했다.

"지금 자기 의견 말하는 사람이 누구지?"

모자 장수가 의기양양하게 받아쳤다.

앨리스는 뭐라고 해야 할지 몰랐다. 그래서 차와 버터 바른 빵을 조금 먹은 다음 겨울잠쥐를 보며 다시 물었다.

"세 자매는 왜 우물 바닥에서 살았어요?"

겨울잠쥐는 잠시 생각해 보더니 이렇게 말했다.

"그곳은 당밀 우물이었거든."

"그런 곳이 어디 있어요?"

앨리스가 화를 내며 말하자, 모자 장수와 3월 토끼가 '쉬! 쉬!' 하며 말렸고 그 말에 토라진 겨울잠쥐가 이렇게 말했다.

"계속 그렇게 따질 거면 네가 이야기해."

앨리스가 조금 누그러진 목소리로 말했다.

"아니에요, 계속하세요! 다시는 끼어들지 않을게요. 그런 우물이 있을 수도 있죠."

"정말 있어!"

겨울잠쥐가 단호하게 말하고 이야기를 계속했다.

"그래서 세 자매는 물 길어 내는 법을 배우고 있었는데……."

"뭘 길어요?"

앨리스가 자신이 한 약속을 까맣게 잊은 채 물었다.

"당밀."

이번에는 겨울잠쥐도 생각할 여지가 없다는 듯이 바로 대답했다.

그때 모자 장수가 끼어들었다.

"깨끗한 잔이 필요해. 모두 한 자리씩 옆으로 옮기자!"

모자 장수가 옆으로 옮겨 앉자 겨울잠쥐가 모자 장수가 앉았던 자리로 갔다. 3월 토끼는 겨울잠쥐의 자리로 바꿔 앉았고 앨리스도 마

지못해 3월 토끼 자리에 앉았다. 앨리스는 옮겨 앉은 자리가 훨씬 불편했다. 3월 토끼가 자리를 옮겨 앉기 전 우유를 접시에 엎질러 놓았기 때문이었다.

앨리스는 겨울잠쥐의 기분이 상하지 않게 아주 조심스럽게 물었다.

"하지만 이해가 잘 안 돼요. 당밀을 어디서 길어 낸 거예요?"

"우물에서 물을 길어 내는 것처럼 당밀 우물에서는 당밀을 길어 내겠지, 이 바보야!"

모자 장수가 말했다.

"하지만 세 자매는 우물 안에 살고 있잖아요."

앨리스는 모자 장수의 말은 무시하고 겨울잠쥐에게 말했다.

"물론 우물 안에서 살았지."

겨울잠쥐가 대답했다.

앨리스는 겨울잠쥐의 대답에 어리둥절해져서 한참 동안 겨울잠쥐가 하는 이야기를 가만히 듣고 있었다.

"세 자매는 물 길어 내는 법을 배웠습니다."

겨울잠쥐는 너무 졸려서 하품을 하고 눈을 비비며 이야기를 계속했다.

"세 자매는 여러 가지를 길어 냈는데, 'M'으로 시작되는 건 전부 퍼 냈습니다."

"왜 'M'으로 시작하는 걸 퍼냈어요?"

앨리스가 물었다.

"그러면 뭐 어때서?"

3월 토끼가 물었다.

앨리스는 말문이 막혔다.

이때 겨울잠쥐가 눈을 감고 꾸벅꾸벅 졸았다. 그러자 모자 장수가 겨울잠쥐를 꼬집었다. 겨울잠쥐는 짧은 비명을 지르며 다시 깨어나 이야기를 계속했다.

"'M'으로 시작하는 쥐덫(mouse-traps), 달(moon), 기억(memory), 많음(muchness) 등을 퍼냈습니다. '비슷한 것들(much of a muchness)'이라고 말하잖아. 혹시 넌 '비슷함'을 퍼내는 걸 본 적이 있니?"

앨리스는 혼란스러워하며 대답했다.

"글쎄요, 본 적이 없는 것 같은데……."

"그럼 아무 말도 하지 마."

모자 장수가 말했다.

무례한 모자 장수의 말에 앨리스는 더 이상 참을 수가 없었다. 화가 난 앨리스는 자리에서 벌떡 일어나 그곳을 떠났다. 겨울잠쥐는 거의 바로 잠이 들었고, 모자 장수와 3월 토끼는 앨리스가 가 버린 것에 신경도 쓰지 않았다. 하지만 앨리스는 다시 자기를 불러 주기를 기대하

며 한두 번 뒤를 돌아보았다. 앨리스가 마지막으로 돌아보았을 때는 모자 장수와 3월 토끼가 겨울잠쥐를 찻주전자 속에 쑤셔 넣고 있었다.

"다시는 저곳에 가나 봐!"

숲길을 걸으며 앨리스가 말했다.

"이제껏 저런 엉터리 다과회는 처음이야!"

앨리스가 혼자 중얼거리고 있던 그때 문이 달린 나무 한 그루가 눈에 들어왔다.

'정말 신기한 나무네! 오늘은 온통 이상한 일뿐이야. 당장 들어가 보는 게 좋겠어.'

앨리스는 이렇게 생각하며 안으로 들어갔다.

앨리스가 예전에 보았던 긴 복도가 나왔는데 바로 옆에는 작은 유리 탁자가 놓여 있었다.

"좋아, 이번에는 잘할 수 있을 거야."

앨리스는 작은 황금 열쇠를 집어 들고 정원으로 통하는 문을 열었다. 그런 다음 버섯(주머니에 넣어 둔)을 조금 뜯어 먹었다. 키가 1피트 정도가 된 앨리스는 작은 통로를 따라 들어갔다. 그리고 마침내 화려한 꽃밭과 시원한 분수가 있는 아름다운 정원에 들어있다.

8. 여왕의 크로케 경기장

정원 입구에는 커다란 장미 나무 한 그루가 있었다.

장미 나무에는 하얀 장미가 피어 있었는데, 정원사 세 명이 하얀 장미를 빨갛게 칠하느라 정신이 없었다.

그 모습이 너무나 이상해서 앨리스는 자세히 보려고 정원사 가까이 다가갔다.

그러다 그중 한 정원사가 말하는 소리를 들었다.

"조심해, 5번! 물감 좀 튀기지 말라고!"

"7번이 내 팔꿈치를 쳐서 어쩔 수 없었단 말이야."

5번이 토라져 말했다. 그 말에 7번이 고개를 들더니 톡 쏘아 말했다.

"그럼 그렇지, 5번 너! 언제나 남만 탓하지!"

"넌 가만히 있는 게 좋을걸. 어제 여왕님이 널 보고 목이 날아가도 시원찮은 놈이라고 말씀하시는 걸 들었어!"

5번이 말했다.

"왜?"

처음 말했던 정원사가 물었다.

"네가 상관할 일이 아니야, 2번!"

7번이 말했다.

"그래, 2번의 일은 아니지. 내가 말해 줄게. 그건 요리사에게 양파를 가져다줘야 했는데 튤립 뿌리를 가져갔기 때문이야."

5번이 말했다.

7번이 붓을 내던지더니 투덜거리기 시작했다.

"아, 어떻게 이런 억울한 일이……"

그때 7번은 자신을 지켜보고 있던 앨리스와 눈이 마주쳤고 갑자기 하던 말을 멈췄다.

다른 두 정원사도 주위를 돌아보더니 앨리스를 보고 머리 숙여 인사를 했다.

앨리스가 조심스럽게 물었다.

"왜 장미를 빨갛게 칠하고 있는 거예요?"

5번과 7번이 조용히 2번을 쳐다보았다. 2번이 나직하게 대답했다.

"그게 말이죠, 아가씨. 사실 이곳에 빨간 장미나무를 심었어야 했는데 저희가 실수로 하얀 장미나무를 심었기 때문이에요. 이 사실을 여왕님이 아시게 되면 우리 목이 날아갈 거예요. 그래서 이렇게 여왕님이 오시기 전에 온 힘을 다해 수습하고 있답니다."

이때 걱정스럽게 정원을 살피던 5번이 소리쳤다.

"여왕님이다! 여왕님이 오신다!"

정원사들이 일제히 얼굴을 땅에 대고 엎드렸다.

여러 사람의 발자국 소리가 들려왔다. 엘리스는 여왕을 보려고 주위를 두리번거렸다.

먼저 열 명의 병사가 두 줄로 클로버를 들고 걸어왔다. 병사들의 몸은 정원사와 같이 납작한 직사각형에 손과 발이 네 귀퉁이에 달려 있었다.

그들 뒤로는 신하 열 명이 따라 걸었다. 그 신하들은 온몸을 다이아몬드로 장식하고 병사들의 행렬처럼 두 줄로 걸어왔다. 그 뒤로는 왕자와 공주들이 따라왔다. 그들 역시 모두 열 명이었는데, 서로 짝을 지어 손을 잡고 즐겁게 뛰어 들어왔다. 다들 하트로 장식한 모습이었다. 그다음으로 손님들이 줄을 이었다. 대부분 왕과 여왕들이었는데, 엘리스는 그들 가운데서 흰 토끼를 발견했다.

흰 토끼는 조급하고 초조한 기색으로 듣는 말마다 미소로 답하느라

앨리스를 미처 알아보지 못하고 지나쳤다. 또 그 뒤로는 하트 잭이 진홍색 벨벳 쿠션 위에 놓인 왕관을 들고 손님들의 뒤를 따랐고 마지막으로 하트 왕과 하트 여왕의 화려한 행렬이 나타났다.

앨리스는 정원사들처럼 자신도 바닥에 엎드려야 하나 잠시 망설였다. 그러나 행렬에 대한 어떤 규칙도 들어 본 기억이 없었다.

'저렇게 납작 엎드리면 아무것도 볼 수 없을 텐데, 그러면 행렬이 무슨 소용이겠어?'

앨리스는 이렇게 생각하며 그대로 서서 행렬이 오기를 기다렸다.

행렬이 앨리스 앞으로 다가와 모두 걸음을 멈추고 앨리스를 쳐다보았다. 여왕이 근엄하게 하트 잭에게 물었다.

"이 아이는 누구냐?"

하트 잭은 대답 대신 머리를 조아리며 웃기만 했다.

"멍청한 놈!"

여왕이 고개를 흔들고는 앨리스를 향해 물었다.

"너의 이름이 무엇이냐?"

"앨리스라고 합니다. 여왕 폐하."

앨리스가 아주 정중하게 대답했다.

그리고 혼잣말로 중얼거렸다.

"겨우 카드 한 벌이잖아. 겁낼 필요 없어!"

"이들은 또 누구냐?"

여왕이 장미 나무 옆에 납작 엎드려 있는 세 정원사를 가리키며 물었다.

그들은 모두 얼굴을 바닥에 대고 엎드려 있었고, 등에 있는 무늬가 다른 카드들과 똑같았기 때문에 여왕은 그들이 정원사인지, 병사인지, 신하인지, 아니면 왕자나 공주인지 알 수가 없었다.

"제가 어떻게 알겠어요? 저와는 관계가 없는 일인데요."

앨리스는 이렇게 말하고는 자신의 대담한 용기에 깜짝 놀랐다.

이 말에 화가 나 여왕의 얼굴이 빨개졌고, 사나운 짐승처럼 앨리스를 매섭게 노려보더니 소리쳤다.

"저 아이의 목을 당장 쳐라!"

"말도 안 돼요!"

앨리스가 큰 소리로 단호하게 말하자 여왕이 잠잠해졌다.

왕이 여왕의 팔에 손을 얹으며 조용히 말했다.

"진정해요. 겨우 어린애잖소!"

여왕이 화가 나 몸을 획 돌리더니 하트 잭에게 명령했다.

"저것들을 뒤집어라!"

하트 잭이 한 발로 아주 조심스럽게 정원사들을 뒤집었다.

"일어서라!"

날카로운 여왕의 고함 소리에 세 정원사가 벌떡 일어나 왕과 여왕,
왕자와 공주들, 그 외 모든 이들에게 허리 굽혀 절을 하기 시작했다.

"그만! 그만! 정신없단 말이야."

여왕이 소리를 질렀다. 그리고 장미나무를 돌아보며 물었다.

"너희들은 여기서 무엇을 하고 있었느냐?"

카드 2번이 한쪽 무릎을 꿇으며 공손하게 말했다.

"여왕 폐하, 저희들은……."

그들이 머뭇거리는 동안 장미를 살펴보던 여왕이 소리쳤다.

"아, 알겠다. 저놈들의 목을 쳐라!"

행렬은 다시 움직이기 시작했고 병사 세 명만이 사형 집행을 위해 남았다. 세 정원사가 앨리스에게 도움을 청하러 달려왔다.

"당신들의 목이 날아가도록 그냥 내버려 두진 않을 거예요!"

앨리스는 이렇게 말하고는 옆에 놓여 있는 커다란 화분 속에 정원사들을 숨겼다.

병사 세 명이 죄인들을 찾아 잠시 두리번거리더니 다시 묵묵히 행렬을 뒤따랐다.

"그놈들의 목을 쳤느냐?"

여왕이 소리쳤다.

"목이 사라졌습니다. 여왕 폐하!"

병사들이 대답했다.

"잘했다! 그런데 너는 크로케를 할 줄 아느냐?"

여왕이 소리쳤다.

여왕이 앨리스에게 묻는 말이었기 때문에 병사들은 잠자코 앨리스를 바라보았다.

"네. 물론이에요!"

앨리스가 소리쳤다.

"그렇다면 따라오너라!"

여왕이 고함치며 말했다. 행렬에 끼게 된 앨리스는 다음에 무슨 일이 일어날지 무척 궁금했다.

"오늘 날씨가 정말 좋지!"

앨리스의 귓가에 조심스럽게 속삭이는 목소리가 들려왔다. 흰 토끼는 걱정스러운 얼굴로 앨리스를 살피고 있었다.

"날씨가 참 좋네요. 그런데 공작 부인은 어디 있어요?"

앨리스가 물었다.

"쉿! 쉿!"

흰 토끼가 낮은 소리로 다급하게 말했다.

그러고는 앨리스의 어깨 너머를 조심스럽게 살피더니 까치발을 들어 앨리스 귀에 입을 바짝 대고 속삭였다.

"공작 부인은 사형 선고를 받았어."

"아니, 왜요?"

앨리스가 물었다.

"방금 '안됐네요!'라고 그랬니?"

토끼가 되물었다.

"아니요. 그저 이유를 물었어요."

앨리스가 대답했다.

"공작 부인이 여왕님의 뺨을 때렸는데……."

토끼가 말하자 앨리스가 작은 소리로 킥킥거리고 웃었다.

"쉿! 쉿!"

깜짝 놀란 토끼가 앨리스에게 속삭였다.

"여왕님이 다 듣겠어! 공작 부인이 조금 늦게 왔거든. 그러자 여왕님이……."

"각자 위치로!"

여왕이 큰 목소리로 외치자 모두 사방팔방 뛰기 시작하더니 서로 부딪쳐 넘어졌다.

그러나 금세 다들 제자리를 잡았고 경기가 시작되었다. 앨리스는 이렇게 이상한 경기장은 처음 본다고 생각했다. 바닥은 여기저기 패여 울퉁불퉁하고, 공은 살아 있는 고슴도치였고, 크로케 채는 살아 있는 홍학이었다. 병사들은 두 손을 땅에 짚고 몸을 둥글게 구부려 골대를 만들고 서 있었다.

앨리스는 홍학을 다루는 데 무척 애를 먹었다. 홍학의 다리를 아래로 늘어뜨린 다음 팔 안쪽으로 몸통을 편안하게 안아 목을 똑바로 세웠다. 하지만 앨리스가 홍학의 머리로 고슴도치를 치려고 하면 홍학이 목을 돌리고 앨리스를 올려다보았고 그 어리둥절한 표정을 보고

앨리스는 웃지 않을 수 없었다. 다시 홍학의 머리를 아래로 돌리고 고슴도치를 치려는 순간, 이번에는 고슴도치가 둥글게 말고 있던 몸을 펴고 기어가 버리는 바람에 황당한 상황이 벌어졌다. 이외에도 앨리스가 고슴도치를 치려고 하면 땅이 울퉁불퉁하거나, 병사들이 일어나 다른 쪽으로 가 버리곤 했다. 앨리스는 경기 자체가 쉽지 않다는 결론을 내렸다.

선수들은 제 차례를 기다리지 않고 한꺼번에 공을 치면서, 서로 고슴도치를 차지하려고 야단법석을 떨었다. 여왕은 금방 흥분해서 발을 쿵쿵 구르며 1분에 한 번씩 이렇게 외쳤다.

"이놈의 목을 쳐라!"

"저놈의 목을 쳐라!"

앨리스는 점점 두려워지기 시작했다.

지금까지는 여왕과 크게 문제 될 게 없었지만 언제 그런 일이 자신에게도 일어날지도 모른다는 생각이 들었다.

'그때 난 어떻게 될까? 이곳 사람들은 목 베는 걸 이렇게

234

도 좋아하니, 살아 있는 사람이 있다는 게 정말 신기할 지경이야!'

앨리스는 도망칠 길을 찾으러 주위를 둘러보며 들키지 않고 빠져나갈 방법을 궁리하고 있었다. 그러다 하늘에서 이상한 것을 보게 되었다.

처음에 앨리스는 그게 무엇인지 몰라 당황했다. 하지만 잠시 후 그것이 싱긋이 미소 짓는 모습인 것을 알아채고는 이렇게 중얼거렸다.

"저건 체셔 고양이야. 이제야 나타났군."

"잘 지냈니?"

고양이는 말을 할 수 있을 만큼의 입이 나타나자 인사를 건넸다.

앨리스는 고양이의 눈이 나타날 때까지 기다렸다가 고개를 끄덕였다.

앨리스는 생각했다.

'지금은 말을 해 봐야 아무 소용없어. 두 귀가, 아니 한 귀라도 나타나야 들을 수 있을 테니까.'

잠시 후 고양이의 머리 전체가 나타났다. 그때서야 앨리스는 홍학을 내려놓고 자신의 말을 들어 줄 상대가 생겼다는 사실에 기뻐하며 경기에 대해 떠들기 시작했다.

고양이는 이 정도면 충분하다 싶었는지 더 이상 몸을 드러내지 않았다.

"이 경기는 공정하지 않아."

앨리스가 투덜거렸다.

"다들 어찌나 싸우는지 누가 무슨 말을 하는지 알아들을 수 없어. 특별한 규칙도 없는 것 같고 설사 있다 하더라도 아무도 규칙을 지키려 하지 않을 거야. 모든 도구들이 살아 움직이니 얼마나 정신이 없는지 아니? 공을 넣어야 할 골대가 운동장 저 끝으로 가 있어. 여왕님의 고슴도치를 크로케에서 써야 하는데, 지금은 도망가 버리고 없어."

"여왕님은 마음에 드니?"

고양이가 조용히 물었다.

"아니, 전혀. 여왕님은……."

순간 여왕이 바로 뒤에서 듣고 있다는 사실을 눈치챈 앨리스는 이렇게 말했다.

"경기를 끝까지 할 필요도 없어요. 여왕님이 이길 게 확실해."

여왕이 미소를 지으며 지나갔다.

"누구와 얘기하는 거니?"

왕이 앨리스에게 다가오며 아주 신기하다는 듯 고양이의 머리를 바라보았다.

"제 친구 체셔 고양이예요. 소개해 드릴게요."

앨리스가 말했다.

"얼굴이 마음에 들지 않는구나. 하지만 원한다면 내 손에 입을 맞춰도 좋다."

왕이 말했다.

"싫어요."

고양이가 대꾸했다.

"무례하구나. 그리고 그런 눈으로 쳐다보지 마라!"

이렇게 말하고 왕은 앨리스 뒤로 몸을 숨겼다.

"고양이도 왕을 바라볼 수 있어요. 어떤 책에 나왔는지 기억나지 않지만 책에서 읽었어요."

앨리스가 말했다.

"어쨌든 저 고양이는 끌어내야 해."

왕이 단호하게 말하더니 지나가던 여왕을 불렀다.

"여보! 저 고양이 좀 치워 주시오!"

문제가 크든 작든 모든 골칫거리를 잠재우는 여왕의 방법은 오직 하나뿐이었다. 여왕은 돌아보지도 않고 말했다.

"저놈의 목을 쳐라!"

"내가 직접 사형 집행인을 불러오리다."

왕이 서둘러 나가며 말했다.

앨리스는 크로케 경기가 어떻게 진행되는지 보러 가는 것이 낫겠다

고 생각했다. 그런데 여왕의 날카로운 목소리가 멀리서 들려왔다. 여왕은 제 차례를 놓쳤다는 이유로 세 명의 선수에게 사형 선고를 내린 뒤였다. 앨리스는 자기 차례가 언제인지도 모를 정도로 뒤죽박죽인 경기가 보기 싫어서 자신의 고슴도치를 찾아 나섰다.

앨리스의 고슴도치는 마침 다른 고슴도치와 싸움이 붙어 있었는데 자기 고슴도치로 다른 고슴도치를 맞출 수 있는 좋은 기회였다.

문제가 있다면 홍학이 경기장 반대편으로 가 버렸다는 것이었다. 홍학은 나무 위로 날아오르려 하고 있었다. 앨리스가 홍학을 붙잡아 돌아왔을 때는 이미 싸움은 끝났고 고슴도치 두 마리도 어디론가 사라지고 없었다. 앨리스는 생각했다.

'상관없어. 어차피 골대도 가 버리고 없잖아.'

앨리스는 홍학이 다시 도망치지 못하도록 옆구리에 꼭 끼고 친구와 조금 더 얘기를 나눌까 하고 고양이에게 돌아갔다.

체셔 고양이가 있는 곳으로 간 앨리스는 고양이 주위에 많은 사람들이 몰려와 있는 걸 보고 깜짝 놀랐다. 사형 집행인, 왕과 여왕이 논쟁을 벌이고 있었고, 주위 사람들은 입을 다문 채 곤혹스러운 표정으로 세 사람을 바라보고 있었다.

앨리스가 나타나자 세 사람은 문제를 해결해 달라며 자신들의 주장을 여기저기서 얘기하기 시작했다. 하지만 한꺼번에 떠들어 대는 바

람에 무슨 말인지 도무지 알아들을 수가 없었다.

사형 집행인은 몸이 없는데 어떻게 목을 벨 수 있느냐며, 지금껏 이런 일은 해 본 적이 없어서 결코 자신이 할 수 없다고 말했다.

왕은 머리가 있는데 왜 목을 베지 못하느냐며, 말도 안 되는 소리 말라고 사형 집행인을 다그쳤다.

여왕은 지금 당장 이 사태를 해결하지 않으면 여기 있는 모든 사람을 사형시키겠다고 말했다. (주위 사람들의 표정이 그렇게 어둡고 걱정스러워 보였던 것은 바로 여왕의 말 때문이었다.)

앨리스는 달리 방법이 떠오르지 않아 이렇게 말했다.

"저 고양이는 공작 부인의 것이에요. 공작 부인에게 물어보는 게 가장 좋겠어요."

여왕이 사형 집행인에게 말했다.

"그녀는 지금 감옥에 있어. 가서 데리고 와라."

사형 집행인이 그 자리를 떠나자마자 고양이의 머리가 서서히 사라지기 시작하더니 사형 집행인이 공작 부인과 함께 돌아왔을 때는 완전히 사라져 버리고 없었다. 그러자 왕과 사형 집행인은 고양이를 찾아 날뛰었고, 그러는 동안 주위 사람들은 다시 크로케 경기를 하러 갔다.

9. 가짜 거북이의 사연

"우리가 다시 만나게 되다니 아주 기쁘구나!"

공작 부인이 다정하게 앨리스의 팔짱을 끼고 걸으며 말했다.

공작 부인의 기분이 좋아 보여 앨리스도 무척 기뻤다. 부엌에서 공작 부인을 만났을 때 거칠게 행동했던 것은 아마 후추 때문이었을 거라 생각하며 이렇게 말했다.

"내가 만약 공작 부인이 된다면(그다지 바라지 않는 듯한 말투로) 절대로 부엌에 후추는 두지 않을 거야. 사람들이 사납게 변하는 건 후추 때문인지도 몰라. 후추를 쓰지 않는다면 수프가 훨씬 좋아질 거야"

앨리스는 마치 새로운 법칙을 발견한 것처럼 기뻐하며 중얼거렸다.

"식초는 사람들을 심술궂게 만들고, 약은 사람들의 마음을 심란하게 만들지. 그리고 사탕은 아이들을 부드럽게 녹이지. 사람들이 이런 사실을 안다면 좋을 텐데. 그러면 사탕 주는 것에 인색하지 않을 텐데 말이야."

앨리스는 이런 생각에 빠져 공작 부인을 까맣게 잊고 있다가 공작 부인의 목소리가 귓가에 들려오자 깜짝 놀랐다.

"말하다 말고 무슨 생각을 그렇게 하니? 지금 당장은 마땅한 교훈이

떠오르지 않지만 곧 기억이 날 거야."

"교훈이 없을 수도 있어요."

앨리스가 대꾸했다.

"찾으려고만 한다면 교훈은 어디든 있는 거란다."

이렇게 말하며 공작 부인은 앨리스 곁으로 바짝 붙었다.

앨리스는 공작 부인이 가깝게 다가오는 게 좋진 않았다. 그 이유는
공작 부인이 너무 못생겼고, 앨리스 어깨에 턱 끝을 얹기에 딱 좋은
키이긴 했지만 턱이 어찌나 뾰족한지 불편하기 짝이 없었기 때문이었
다. 하지만 앨리스는 무례하게
굴고 싶지 않아서 꾹 참았다.

"경기가 이제야 제대로 돌
아가는 것 같네요."

대화를 더 이어 가려고 앨
리스가 말을 건넸다.

"그래, 그것의 교훈은 이거
야. '사랑, 사랑이여. 사랑이야
말로 세상을 돌아가게 하는
힘이로다!'"

"하지만 어떤 사람들은 이

렇게 말하기도 하지요. 사람들이 각자 자기 일에만 충실해야 세상이 빨리 돌아가는 법이라고요."

앨리스가 작은 목소리로 속삭였다.

"아, 그렇지! 내 말이 그 말이란다."

공작 부인이 뾰족한 턱을 앨리스의 어깨에 갖다 대며 말했다.

'모든 일에서 교훈 찾는 걸 즐기는군.'

앨리스는 속으로 생각했다.

"넌 내가 왜 네 허리에 팔을 두르지 않는지 궁금한 모양이구나."

공작 부인이 잠시 말을 멈추더니 다시 입을 열었다.

"그건 네 홍학의 성깔이 어떤지 몰라서란다. 한번 시험해 볼까?"

"어쩌면 쪼아 댈지도 몰라요."

걱정스러운 기색으로 앨리스가 조심스럽게 말했다.

"그래 맞아. 홍학이나 겨자나 매운 건 마찬가지야. 여기에 맞는 교훈은 '끼리끼리 어울린다.'는 거야."

공작 부인이 말했다.

"하지만 겨자는 새가 아니잖아요."

앨리스가 대꾸했다.

"그래 맞아, 넌 정말 똑똑하구나."

"제 생각에 겨자는 광물 같아요."

앨리스가 말했다.

공작 부인은 이제 앨리스의 말이라면 무조건 맞장구를 칠 기세였다.

"그래, 이 근처에 겨자 광산(mine)이 있단다. 그것의 교훈은 '내 것(mine)이 많아지면 남의 것은 작아진다.'는 거야."

앨리스는 공작 부인의 교훈은 귀담아듣지도 않고 소리쳤다.

"아, 알았어요! 겨자는 식물이에요. 그렇게 보이진 않지만 사실은 식물이에요."

공작 부인이 말했다.

"네 말이 맞아. 그리고 그것의 교훈은 '남들 눈에 보이는 대로 행동하라.'인데, 좀 더 간단하게 말하자면 '다른 사람에게 보이는 모습 외에 다른 모습으로 자신을 생각하지 마라.'는 거야."

"당신의 말을 글로 써 본다면 더 잘 이해가 될 텐데 말로만 들어서는 잘 모르겠어요."

앨리스가 아주 공손하게 말했다.

"내가 마음만 먹으면 그 정도는 아무것도 아니야."

공작 부인이 기분 좋은 목소리로 대답했다.

"힘드실 텐데 이제 더 말씀 안 하셔도 돼요."

앨리스가 말했다.

"힘들다니! 내가 지금껏 했던 모든 얘기를 네게 선물로 주마."

앨리스는 생각했다.

'별 희한한 선물도 다 있군! 생일 선물로 주지 않는 게 천만다행이지 뭐야!'

앨리스는 속으로 생각하고 입 밖으로 말하지는 않았다.

"또 무슨 생각을 하고 있니?"

공작 부인이 뾰족한 턱을 앨리스의 다른 쪽 어깨에 갖다 대며 물었다.

"저도 생각할 권리가 있다고요."

앨리스는 귀찮다는 듯이 톡 쏘아 말했다.

"그래, 돼지도 날 권리가 있지. 그리고 그것의 교……."

그때 이상하게도 공작 부인의 목소리가, 가장 즐겨 말하는 '교훈' 대목에서 갑자기 줄어들더니 앨리스의 팔에 끼고 있던 팔까지 부들부들 떨기 시작했다. 깜짝 놀란 앨리스가 고개를 들어 보니 여왕이 눈앞에 있었다. 팔짱을 끼고 폭풍이 치는 하늘처럼 잔뜩 찌푸린 얼굴로 두 사람 앞에 서 있었다.

"그동안 안녕하셨어요? 여왕 폐하!"

공작 부인이 기어들어 가는 낮은 목소리로 인사를 했다.

여왕이 발을 쿵쿵 구르며 소리쳤다.

"경고하는데 당장 사라지지 않으면 네 목을 칠 것이다!"

그 말이 끝나기가 무섭게 공작 부인은 순식간에 사라져 버렸다.

"이제 경기를 계속해야지."

여왕이 앨리스에게 말했다.

앨리스는 겁에 질려 한마디도 하지 못한 채 여왕의 뒤를 따라 경기장으로 갔다.

다른 선수들은 여왕이 없는 틈을 타 그늘에서 쉬고 있었다. 하지만 여왕이 나타나자 다시 서둘러 경기를 시작했고, 어왕은 1분, 1초라도 지체하면 살아남지 못할 것이라고 단호하게 말했다.

경기 내내 여왕은 선수들과 쉴 새 없이 싸우면서 "이놈의 목을 쳐라!" "저놈의 목을 쳐라!" 하며 소리를 질러 댔다. 병사들은 사형 선고를 받은 사람들을 가두어야 했기 때문에 골대 노릇을 할 수가 없었다. 결국 30분쯤 지나자 골대는 하나도 남지 않았고 왕과 여왕, 앨리스를 제외한 모든 선수들이 사형 선고를 받아 감옥에 갇히고 말았다.

그제야 여왕이 경기를 멈추고 숨을 헐떡이며 앨리스에게 물었다.

"가짜 거북이를 본 적이 있느냐?"

"아니요. 전 가짜 거북이가 뭔지도 모르는데요."

앨리스가 대답했다.

"그것은 '가짜 거북이 수프'를 만드는 재료란다."

여왕이 말했다.

"저는 본 적도, 들은 적도 없어요."

앨리스가 말했다.

"그렇다면 이리 따라오너라. 가짜 거북이가 자신이 살아온 이야기를 들려줄 거야."

여왕이 말했다.

앨리스는 여왕과 함께 떠나면서 왕이 사람들에게 속삭이는 소리를 들었다.

"너희 모두를 사면하노라."

여왕이 사형 선고를 내린 것에 마음이 아팠던 앨리스는 혼자 중얼거렸다.

"어머, 정말 다행이다!"

얼마 후 여왕과 앨리스는 햇볕 아래에서 깊은 잠에 빠져 있는 그리핀을 만났다.

"일어나라, 이 게으름뱅이야! 이 아가씨를 가짜 거북이에게 데려다 주거라. 그리고 가짜 거북이에게 그동안 살아온 이야기를 들려 달라고 해라. 난 돌아가서 사형 집행을 보아야겠다."

여왕은 앨리스를 그리핀에게 남겨 두고 급히 가 버렸다. 앨리스는 그리핀의 생김새가 그리 마음에 들지는 않았지만 무서운 여왕을 쫓아

가느니 그리핀과 함께 있는 것이 낫겠다는 생각이 들었다.

그리핀이 일어나 앉아 눈을 비비며 여왕이 보이지 않을 때까지 바라보다가 킬킬거리며 웃었다. 그리고 혼잣말인지 앨리스에게 하는 말인지 모를 말을 중얼거렸다.

"정말 웃겨!"

앨리스가 물었다.

"뭐가 그렇게 웃겨요?"

그리핀이 대답했다.

"여왕 말이야. 그게 다 여왕의 상상이거든. 사실은 아무도 사형 당하지 않아. 이리 와!"

앨리스는 그리핀을 천천히 따라가며 생각했다.

'이곳에서는 다들 '이리 와!'라고 말하는군. 내 평생 이렇게 많은 명령을 받아 보기는 처음이야.'

얼마 가지 않아 저 멀리 있는 가짜 거북이가 눈에 들어왔다. 가짜 거북이는 작은 바위 위에 혼자 앉아 외롭고 슬픈 모습을 하고 있었다. 앨리스와 그리핀이 좀 더 가까이 다가가자 가슴이 찢어질 듯한 한숨 소리가 들려왔다. 앨리스는 가짜 거북이가 너무 가여워 그리핀에게 물었다.

"왜 저렇게 슬퍼하는 거예요?"

그리핀은 조금 전과 똑같은 말을 했다.

"그건 다 자기 상상일 뿐이야. 그러니까 슬픈 일 따위는 없어. 이리 와!"

그들은 가짜 거북이에게 다가갔다. 가짜 거북이는 커다란 눈에 눈물을 글썽이기만 할 뿐 아무런 말이 없었다.

"이 아가씨가 너의 이야기를 듣고 싶어 해, 정말로."

가짜 거북이가 낮은 목소리로 말했다.

"그래, 여기 앉아, 그리고 내 이야기가 끝날 때까지 아무 말도 하지 마."

그리핀과 앨리스가 자리에 앉았고 한동안 아무런 이야기도 하지 않았다. 앨리스는 생각했다.

'시작도 하지 않은 이야기가 언제 끝이 난다는 거야?'

하지만 앨리스는 참을성 있게 기다렸다.

마침내 가짜 거북이가 긴 한숨을 내쉬며 이야기를 시작했다.

"한때 나도 진짜 거북이었단다."

그리고 다시 얼마간 침묵이 이어졌다. 간간이 내뱉는 그리핀의 "흐르르르!" 하는 탄성과 가짜 거북이의 흐느끼는 울음소리만이 정적을 깰 뿐이었다. 앨리스는 자리에서 일어나 "재미있는 이야기 잘 들었습니다."라고 인사하고 싶었지만 분명히 남은 이야기가 더 있을 것 같아

서 조용히 기다렸다.

"내가 어렸을 때 바다에 있는 학교에 다녔단다. 선생님은 늙은 거북이였는데, 우리는 그분을 땅거북 선생이라고 불렀어."

드디어 가짜 거북이가 다시 입을 열었다. 여전히 훌쩍이기는 했지만 훨씬 차분해진 목소리였다.

"땅에 사는 것도 아닌데, 왜 땅거북 선생이라고 불렀어요?"

앨리스가 물었다.

"당연히 우리를 가르쳤으니까 그렇게 불렀지. 넌 정말 멍청하구나!"

가짜 거북이가 화를 내며 말했다.

"그런 것도 질문이라고 하는 거니?"

그리핀도 거들었다. 그러고는 그리핀과 가짜 거북이는 아무런 말없이 가엾은 앨리스를 쳐다보았다. 앨리스는 순간 땅속으로 꺼지고 싶은 심정이었다. 마침내 그리핀이 가짜 거북이에게 말했다.

"친구! 이야기를 계속하지. 온종일 그러고 있을 텐가?"

"그래, 우리는 바다 학교에 다녔어. 네가 믿을지는 모르겠지만……."

가짜 거북이가 말했다.

"안 믿는다고 말한 적은 없어요!"

앨리스가 끼어들었다.

"말했어."

가짜 거북이가 말했다.

"입 다물어!"

앨리스가 무슨 말을 하기 전에 그리핀이 말을 막았다.

가짜 거북이가 말을 이었다.

"우리는 최고의 교육을 받았단다. 매일 학교에 다녔지."

"저도 학교는 다녀요. 그렇게 으스댈 일이 아닌 것 같은데요."

앨리스가 말했다.

"특별 수업도 받았니?"

가짜 거북이가 긴장하며 물었다.

"물론이에요. 프랑스 어와 음악을 배웠어요."

앨리스가 대답했다.

"그럼, 세탁하는 법은?"

가짜 거북이가 물었다.

"그런 건 당연히 배우지 않죠!"

앨리스가 화를 내며 말했다.

"아! 그렇다면 진짜 좋은 학교는 아니구나."

가짜 거북이가 안심하며 말했다.

"우리 학교는 등록금 청구서 끝에 '프랑스 어, 음악, 세탁은 선택 과목'이라고 쓰여 있거든."

"바다에 사니까 세탁할 일이 없을 텐데요."

앨리스가 말했다.

"난 그리 사정이 좋지 않아서 정규 수업 과목만 배웠어."

가짜 거북이가 깊은 한숨을 내쉬었다.

"정규 수업 과목은 뭐였어요?"

앨리스가 물었다.

"우선 비틀거리기와 몸부림치기가 있지. 그리고 자잘한 수학 과목이 있는데 야망, 산만, 추화, 조롱 같은 것들이지."

가짜 거북이가 대답했다.

"'추화'는 들어 본 적이 없는데, 그건 뭐예요?"

앨리스가 용기를 내어 물었다.

"뭐, 들어 본 적이 없다고? 그럼, '미화'란 말은 아니?"

그리핀이 깜짝 놀라 양발을 치켜들며 소리쳤다.

앨리스는 자신 없는 목소리로 대답했다.

"더 예뻐진다는 것을 말하는 거잖아요."

"그래, 그런데도 추화를 모른다면 네가 정말 바보라는 거야!"

그리핀이 말했다.

앨리스는 더 이상 묻고 싶지 않아 가짜 거북이에게 말했다.

"또 어떤 걸 배웠어요?"

"또 추리를 배웠는데 추리 과목에는 고대와 현대, 해양 지리가 있고, 그다음에는 점잖게 말하는 과목을 배웠지. 선생님은 늙은 붕장어였는데 일주일에 한 번 오셨지. 우리한테 점잖게 말하기, 몸을 쭉 펴기, 똘똘 감고 기절하기를 가르쳐 주셨어."

가짜 거북이가 지느러미로 수를 세며 대답했다.

"그건 어떻게 하는 건데요?"

앨리스가 물었다.

"이제 몸이 많이 굳어서 보여 줄 수가 없구나. 그리고 그리핀은 배우지 않았고 말이야."

"난 시간이 없어서 배우지 못한 거야. 그래도 고전 수업은 들었어. 고전 선생님은 나이 많은 게 선생님이었지."

그리핀이 말했다

"난 게 선생님 수업은 한 번도 듣지 못했어. 그 선생님은 웃음과 큰 슬픔을 가르쳤다고 들었어."

가짜 거북이가 한숨을 쉬며 말했다.

"맞아, 그랬어."

그리핀도 깊은 한숨을 내쉬며 말했다. 그러고는 둘 다 앞발에 얼굴을 묻었다.

"하루에 수업은 몇 시간이나 들으신 거예요?"

앨리스가 화제를 바꾸기 위해 황급히 물었다.

"첫날에는 열 시간, 다음 날에는 아홉 시간, 그런 식이었어."

가짜 거북이가 대답했다.

"시간표가 좀 이상하네요!"

앨리스가 소리쳤다.

"그래서 우리가 수업이라고 부르는 거야. 날마다 줄일 수 있기 때문이지."

그리핀이 대꾸했다.

앨리스는 전혀 생각해 보지 못한 일이라 잠시 고민에 빠져 있다 이렇게 말했다.

"그럼, 열한 번째 날은 수업이 없었겠네요?"

"물론이지."

가짜 거북이가 대답했다.

"그러면 열두 번째 날은 어떻게 되는 거죠?"

앨리스가 진지하게 물었다.

"수업에 대한 이야기는 이 정도면 됐고, 이제 이 아가씨한테 경기 이야기를 해 주게."

그리핀이 아주 단호하게 말을 끊었다.

10. 바닷가재의 카드리유

가짜 거북이는 한숨을 내쉬더니 한쪽 지느러미로 눈을 가렸다.

앨리스에게 무슨 말인가를 하려고 하다가 목이 메이는지 잠시 흐느껴 울었다.

"목에 가시가 걸렸나 봐."

그리핀이 가짜 거북이의 등을 두들겨 주자 목이 풀린 가짜 거북이가 뺨 위로 눈물을 주르륵 흘리며 다시 이야기를 시작했다.

"넌 바닷속에서 살아 본 적이 없지?"

"네, 맞아요."

앨리스가 대답했다.

"그러면 바닷가재와 인사를 나눠 본 적도 없겠구나?"

"먹어 본 적은……." 하고 말하려다 황급히 입을 다물고 "네, 절대 없어요."라고 대답했다.

"그러니 바닷가재가 추는 카드리유가 얼마나 재미있는 춤인지 알 길이 없겠지!"

"춤이요? 어떤 춤인데요?"

그리핀이 대답했다.

"그 춤은 먼저 해변을 따라 길게 한 줄로 늘어서서……."

"두 줄이야! 물개, 거북이, 연어 등을 줄 지어 세우고 일단은 해파리들을 치워야 해."

가짜 거북이가 소리치며 말했다.

"그런데 시간이 좀 걸리지."

그리핀이 끼어들었다.

"두 발짝 앞으로 나가서 각자 바닷가재와 짝이 되는 거야!"

그리핀이 소리쳤다.

"그래. 두 발짝 앞으로, 파트너와 짝을 지어……."

가짜 거북이가 말했다.

"바닷가재를 바꾸고 같은 식으로 물러나고."

그리핀이 말을 이었다.

"그런 다음 내던지는 거지."

가짜 거북이가 말했다.

"바닷가재를 말이야! 가능한 한 아주 멀리……."

그리핀이 하늘 높이 뛰어오르며 소리쳤다.

"그리고 나선 바닷가재를 따라 헤엄을 치는 거야. 물속에서 재주넘기를 하면서……."

가짜 거북이가 신이 나 소리쳤다.

"이제 다시 바닷가재를 바꾸고!"

그리핀이 큰 목소리로 외쳤다.

"그리고 육지로 되돌아오면 첫 동작이 끝나는 거야."

갑자기 가짜 거북이의 목소리가 낮게 가라앉았다. 신이 나 펄쩍펄
쩍 뛰던 가짜 거북이와 그리핀은 조용해지더니 슬픈 표정으로 앨리스
를 바라보았다.

"아주 멋진 춤일 것 같아요."

앨리스가 작은 목소리로 말했다.

"어떤 춤인지 보여 줄까?"

가짜 거북이 물었다.

"네! 무척 보고 싶어요."

앨리스가 대답했다.

"그리핀, 한 바퀴 춤을 춰 볼까? 바닷가재 없이도 할 수 있을 거야.
노래는 누가 부를까?"

가짜 거북이가 그리핀에게 물었다.

"노래는 네가 불러. 난 다 잊어버렸거든."

그리핀이 말했다.

그리고 가짜 거북이와 그리핀은 앨리스 주위를 돌며 춤을 추기 시
작했다. 앨리스 주위를 너무 가깝게 돌다 발을 밟기도 하고, 때로는 박

자를 맞추며 앞발을 흔들거리기도 했다. 그러면서 가짜 거북이는 느리고 슬픈 노래를 불렀다.

"좀 더 빨리 걸을 수 없니?" 대구가 달팽이에게 말했네.

돌고래가 우리 뒤에 바짝 다가와 꼬리를 밟으려 하고 있어.

바닷가재와 거북이가 얼마나 열심히 앞으로 나아가는지 보렴.

다들 해변 자갈밭에 앉아 너를 기다리고 있어.

네가 와서 함께 춤추기를 말이야.

춤을 추자. 춤을 추지 않을래? 우리 함께 춤을 추자.

춤을 추자. 춤을 추지 않을래? 우리 함께 춤을 추자.

"바닷가재와 함께 바다로 내던져지면

얼마나 신이 나는지 넌 정말 모를 거야."

하지만 달팽이는 눈을 흘기며 대답했네.

"너무 멀어. 너무 멀다고!"

대구에게 친절하게 대해 줘서 고맙지만 춤은 추지 않겠다고 말했

네.

춤을 추자. 춤을 추지 않을래? 우리 함께 춤을 추자.

춤을 추자. 춤을 추지 않을래? 우리 함께 춤을 추자.

"저 멀리 가면 왜 안 되는데?" 비늘 있는 친구가 말했네.

"저 건너편에는 또 다른 해변이 있어."

영국에서는 더 멀지만 프랑스에서는 더 가까워.

그러니 사랑스러운 달팽이야!

두려워 말고 함께 춤을 추자.

춤을 추자. 춤을 추지 않을래? 우리 함께 춤을 추자.

춤을 추자. 춤을 추지 않을래? 우리 함께 춤을 추자.

"고마워요. 정말 인상 깊은 춤이었어요. 그리고 대구에 대한 노래도

아주 좋았어요."

앨리스는 노래가 끝나자 기뻐하며 말했다.

"물론 대구는 본 적이 있겠지?"

가짜 거북이가 물었다.

"그럼요, 종종 만찬 때 그런 곳에서……."

앨리스는 말끝을 흐렸다.

"'만찬 때'가 어디 있는 건지는 모르겠지만, 어쨌든 대구가 어떻게 생겼는지는 안단 말이지."

가짜 거북이가 말했다.

"꼬리를 입 속에 넣고 온몸에 빵가루를 듬뿍 묻히고 있어요."

앨리스가 잠시 생각하더니 이렇게 말했다.

"빵가루는 아니야. 바닷물에 금세 씻겨 버리거든. 하지만 꼬리를 입에 물고 있기는 해. 왜냐하면……."

가짜 거북이는 얘기를 하다 말고 하품을 하며 눈을 감았다. 그러고는 그리핀에게 말했다.

"그 이유는 네가 대신 말해 줘. 남은 이야기도 말이야."

그리핀이 대신 이야기를 이어 갔다.

"그 이유는 대구들이 바닷가재와 춤을 추러 갔기 때문이야. 그래서 바다 멀리 던져진 거야. 대구들은 멀리 떨어지면서 꼬리를 물게 된 거

야. 하지만 다시 꼬리를 뺄 수는 없어. 그게 다야."

"아! 그렇군요. 고마워요. 정말 재밌었어요. 대구에 대해 많이 알진 못했거든요."

앨리스가 대답했다.

"네가 원하면 이야기를 더 들려줄 수도 있어. 사람들이 왜 '대구'라고 부르는 줄 아니?"

그리핀이 물었다.

"그건 생각해 본 적이 없는데요. 왜 그런 거예요?"

앨리스가 물었다.

"바닷속에서 장화와 구두를 하얗게 닦기 때문이야."

그리핀이 진지하게 대답했다.

어리둥절한 앨리스가 그의 말을 되풀이해 물었다.

"장화와 구두를 하얗게 닦기 때문이라고요?"

"그래, 넌 구두를 어떻게 닦니? 무엇으로 반짝이게 닦느냐는 말이야."

그리핀이 물었다.

앨리스는 구두를 내려다보고 잠시 생각한 후 대답했다.

"음, 까맣게 되도록 닦는 거죠."

"바닷속에서는 장화와 신발을 하얗게 되도록 닦는단다. 알겠니?"

그리핀은 아주 비밀스러운 이야기를 하듯이 목소리를 낮게 깔고 말했다.

"무엇으로 하얗게 하는데요?"

앨리스는 호기심이 발동해 물었다.

그리핀은 답답하다는 듯이 대답했다.

"그야 가자미와 뱀장어로 하는 거지. 그 정도는 새우들도 다 알겠다."

앨리스는 아까 들었던 노래를 생각하면서 이렇게 말했다.

"제가 만약 대구였다면 돌고래에게 '제발 그만 돌아가. 너와 함께 있기 싫어!'라고 말했을 거예요."

"대구는 언제나 돌고래와 함께 가야 해. 똑똑한 물고기들은 돌고래와 함께 다니거든."

가짜 거북이가 말했다.

"정말이에요?"

앨리스가 놀란 목소리로 말했다.

"그럼, 만약 어떤 물고기가 나와 함께 여행을 가자고 한다면 이렇게 물어볼 거야. '어떤 돌고래(porpoise)와 가는데?' 하고 말이야."

가짜 거북이가 말했다.

"혹시 '목적(purpose)'이라고 말하는 거 아니에요?"

앨리스가 물었다.

"그래, 내가 말한 그대로야."

가짜 거북이는 약간 기분이 상해 대답했다.

그때 그리핀이 앨리스에게 말했다.

"이제 네 모험 이야기나 들어 보자."

앨리스는 조금 망설이며 말했다.

"그러니까, 오늘 아침 이야기를 들려줄게요. 어제로 돌아가서 이야기하는 건 아무런 의미가 없어요. 지금 저는 이제의 제가 아니니까요."

가짜 거북이가 말했다.

"그게 무슨 말인지 자세하게 설명해 봐."

"아니야, 모험 이야기가 먼저야! 설명 들을 시간이 없다고."

그리핀이 참지 못하고 끼어들며 말했다.

그래서 앨리스는 맨 처음 흰 토끼를 만나 겪었던 이상한 이야기부터 시작했다. 처음에는 가짜 거북이와 그리핀이 바짝 다가와 눈을 부릅뜨고 쳐다보고 있어 약간 떨렸다. 하지만 차츰 용기가 생겼다. 그 둘은 앨리스가 애벌레 앞에서 '아버지 윌리엄'을 외워 보였던 부분까지 가만히 듣고 있었다. 그런데 잘못 외웠다고 하자 가짜 거북이가 한숨을 쉬며 말했다.

"참, 이상하네."

그리핀도 말했다.

"그러게 정말 이상하네."

가짜 거북이가 깊은 생각에 잠겨 있다가 다시 말했다.

"틀리게 외웠단 말이지? 부르는 걸 들어 봐야겠어. 다시 부르라고 말해 봐!"

가짜 거북이는 그리핀의 말이라면 앨리스가 다 들어줄 수 있다고 생각했는지 그리핀을 향해 말했다.

"일어나서 '게으름뱅이의 목소리'를 외워 봐!"

그리핀이 말했다.

'명령하듯 외우라고 시키니까 학교에 있는 것 같잖아.'

앨리스는 이런 생각이 들었지만 자리에서 일어나 외우기 시작했다.

하지만 머릿속이 바닷가재의 카드리유에 대한 생각으로 가득해 자기가 무슨 말을 하는지 알 수 없었다. 그래서 이상한 단어들이 마구 튀어나왔다.

그것은 바닷가재의 목소리.

나는 그 친구가 이야기하는 것을 들었네.

나를 너무 진한 갈색으로 태웠잖아.

머리에 설탕을 뿌려야 해.

오리가 눈꺼풀로 그러듯이 바닷가재는 코끝으로

허리띠와 단추를 잠그고 발을 뒤집는다네.

모래사장이 말라 있으면 바닷가재는 종달새처럼 즐거워하면서

상어를 무시하는 말을 하지.

하지만 밀물이 밀려오고 상어가 나타나면

바닷가재의 목소리는 작고 가늘게 떨린다네.

"내가 어릴 때 외웠던 시와 다르네."

그리핀이 말했다.

"나도 들어 본 적 없는 말도 안 되는 시야."

가짜 거북이도 말했다.

앨리스는 아무 말도 하지 않고 얼굴을 손으로 가리고 주저앉아 다음 구절을 잘 외울 수 있을지 걱정했다.

"설명을 듣고 싶어."

가짜 거북이가 말했다.

"설명할 수 없을 거야. 다음 구절을 들어 보자."

그리핀이 서둘러 말했다.

"그런데 바닷가재가 어떻게 코로 발을 뒤집는다는 말이야?"

가짜 거북이가 집요하게 따져 물었다.

앨리스가 대답했다.

"그것은 춤출 때 하는 첫 동작이에요."

그러면서 어서 다른 이야기로 넘어가기를 바랐다. 모든 것이 혼란스러웠다.

그리핀이 더 이상 기다릴 수 없어 재촉했다.

"다음 부분을 외워 봐. '난 그의 정원을 지나갔네.'로 시작하잖아."

앨리스는 틀릴 게 뻔했지만 차마 거절할 수 없어 떨리는 목소리로

다시 외우기 시작했다.

난 그의 정원을 지나갔네. 한쪽 눈으로도 알아볼 수 있었지.

올빼미와 표범이 파이를 어떻게 나누는지.

표범은 파이 껍질과 국물과 고기를

올빼미는 접시를 가졌네.

파이를 다 먹으면 올빼미는 상으로

스푼을 챙겨도 된다고 허락을 했다네.

표범은 으르렁거리며 나이프와 포크를 받았다네.

그리고 연회는 끝이 났다네. 마지막으로…….

가짜 거북이가 갑자기 끼어들었다.

"설명도 못 하면서 그런 걸 외우는 게 무슨 소용이야. 이렇게 말도 안 되는 시는 처음 들어 본다고."

"그래, 그만하는 게 좋겠다."

그리핀이 말했다. 앨리스도 기다리던 소리였다.

"이제 바닷가재 카드리유 중 다른 동작을 해 보는 건 어때? 아니면 가짜 거북이한테 노래를 불러 달라고 할까?"

그리핀이 이어 말했다.

"좋아요, 가짜 거북이의 노래를 듣고 싶어요."

앨리스가 너무 간절히 말하자 그리핀은 약간 기분이 상했다.

"흥! 취향도 독특하네. 친구! '거북이 수프' 노래를 들려주게나."

가짜 거북이가 깊은 한숨을 내쉬더니 목이 메는 서글픈 목소리로 흐느끼며 노래를 불렀다.

아주 진하고 맛있는 초록빛의 수프.

따뜻한 그릇에서 나를 기다리네.

맛있는 수프 앞에선 누구든 발걸음을 멈추지.

저녁의 수프, 맛있는 수프.

저녁의 수프, 맛있는 수프.

마앗있는 수우프!

마앗있는 수우프!

저어어녁에 먹는 수우프,

맛있는, 맛있는 수프!

맛있는 수프!

어느 누가 생선을, 고기를, 다른 음식을 찾으리오.

두 푼짜리 맛있는 수프에

모든 것을 내놓으리.

두 푼짜리 맛있는 수프라면.

마앗있는 수우프!

마앗있는 수우프!

저어어녁에 먹는 수우프,

맛있는, 맛있는 수프!

"한 번 더!"

그리핀이 소리쳤다.

가짜 거북이가 다시 노래를 시작하려는데 저 멀리서 "재판 시작이

오!" 하는 소리가 들려왔다.

"이리 와."

그리핀이 외치더니 앨리스의 손을 잡고 뛰기 시작했다.

"무슨 재판이죠?"

앨리스가 헐떡이며 물었지만 그리핀은 "서둘러야 해!"라고만 답하

고 더 빨리 뛰었다.

바람결에 가짜 거북이의 서글픈 노랫소리가 희미하게 들려왔다.

저어어녁에 먹는 수우프,

맛있는, 맛있는 수프!

11. 누가 타르트를 훔쳤지?

앨리스와 그리핀이 도착했을 때 왕과 여왕은 왕좌에 앉아 있고 그 주위로 온갖 새와 짐승, 카드들이 모여 있었다. 맨 앞에는 카드 잭이 사슬에 묶인 채 병사들에 둘러싸여 있었다.

왕 옆에는 흰 토끼가 서 있었는데 한 손에는 트럼펫을, 다른 한 손에는 양피지 두루마리를 들고 있었다. 법정 한가운데 탁자가 하나 있었는데 그 위에는 큰 타르트 접시가 놓여 있었다. 맛있어 보이는 타르트를 보자 배가 고파진 앨리스는 얼른 재판이 끝나고 타르트를 먹을 수 있었으면 좋겠다고 생각했다. 하지만 그럴 가능성은 없었으므로 재판이 시작하기 전 시간을 보내며 주위를 둘러보았다.

앨리스는 법정에 가 본 적은 없었지만 책에서 읽은 적이 있어 법정에서 쓰는 용어들을 안다는 사실이 무척 신기해서 중얼거렸다.

"커다란 가발을 쓴 사람이 재판관일 거야."

그런데 재판관은 왕이었다. 왕은 가발 위에 왕관을 쓰고 있어 아주 불편해 보였고 그리 어울리지도 않았다.

'저기는 배심원석, 저기 있는 열두 마리의 생물들이 배심원이겠지.'

앨리스는 이렇게 생각하며 마지막 단어를 몇 번 더 되뇌며 뿌듯해

했다.

그 이유는 앨리스 또래의 여자아이들 중에 그 말의 뜻을 아는 아이는 거의 없을 것이기 때문이었다. 하지만 '배심원들'이라고 했으면 더 좋았을 뻔했다.

열두 명의 배심원들은 바쁘게 석판에 뭔가를 쓰고 있었다.

"지금 뭘 하고 있는 거죠? 아직 재판은 시작하지도 않았는데 말이에요."

앨리스가 그리핀에게 물었다.

그리핀이 속삭이듯 대답했다.

"자기 이름을 쓰고 있는 거야. 재판이 끝나기 전에 잊어버릴지도 몰라서."

"정말 바보들 아니에요!"

앨리스가 어이없어하며 큰 목소리로 말했다.

"법정에서는 정숙하시오."

흰 토끼가 외치는 소리에 놀라 얼른 입을 다물었다.

왕은 안경을 쓰고 누가 떠드는지 보려고 유심히 주변을 살폈다.

앨리스는 배심원들이 석판에 '바보'라고 쓰는 모습을 상상했다. 심지어는 '바보'를 쓸 줄 몰라 옆에 있는 배심원에게 묻고 있는 것 같기도 했다.

'재판이 끝나기도 전에 석판은 뒤죽박죽이군.'

앨리스는 생각했다.

배심원 중에 하나가 연필로 끽끽 긁는 소리를 내며 뭔가를 쓰고 있었는데 앨리스는 그 소리를 참을 수가 없었다. 그래서 법정 뒤로 가 그 배심원의 연필을 빼앗아 버렸다.

앨리스가 순식간에 연필을 빼앗자 작고 가엾은 그 배심원(도마뱀 빌)은 무슨 일이 일어났는지 눈치도 채지 못했다. 그는 한참 동안 연필을 찾다가 결국 그날의 기록은 손가락 하나로 써야만 했다. 그러나 손가락으로는 석판에 글이 써지지 않아 아무 소용이 없는 짓이었다.

왕이 말했다.

"서기, 고소장을 읽어라!"

그러자 흰 토끼가 트럼펫을 세 번 불더니 양피지 두루마리를 펼쳐 읽기 시작했다.

어느 무더운 여름날,

하트 여왕님이 온종일 타르트를 만드셨네.

하트 잭이 그 타르트를 훔쳐서

멀리 달아났다네!

"평결을 내리시오!"

왕이 배심원을 향해 말했다.

그때 토끼가 황급히 나서며 말했다.

"아직 안 됩니다. 그전에 처리해야 할 일이 많습니다."

"첫 번째 증인을 세워라!"

왕이 명령했다.

흰 토끼가 트럼펫을 세 번 불더니 소리쳤다.

"첫 번째 증인 나오시오!"

첫 번째 증인은 모자 장수였다.

한 손에는 찻잔을, 다른 한 손에는 버터 바른 빵을 들고 와 말을 시작했다.

"용서하소서. 폐하! 부름을 받았을 때 다과회가 미처 끝나지 않아 이것들을 들고 오게 되었습니다."

왕이 말했다.

"다 마시고 왔어야지. 너는 언제부터 차를 마시기 시작했느냐?"

모자 장수가 3월 토끼를 바라보며 말했다. 3월 토끼는 겨울잠쥐와

팔짱을 끼고 법정에 들어서고 있었다.

"제가 알기로는 3월 14일부터입니다."

3월 토끼가 말했다.

"아니, 15일."

겨울잠쥐가 말했다.

"16일이지."

왕이 배심원들에게 말했다.

"기록하라!"

그러자 배심원들은 석판에 셋이 말한 날짜를 열심히 적더니 그 숫자를 합하여 돈으로 환산했다.

왕이 모자 장수에게 말했다.

"모자를 벗어라!"

"이 모자는 제 것이 아닙니다."

모자 장수가 말했다.

왕이 배심원들을 보며 말했다.

"그럼 훔친 것이구나!"

배심원들이 즉시 기록했다.

"전 모자 장수라 제 것은 하나도 없어요. 전부 파는 겁니다."

모자 장수가 설명했다.

그 말을 들은 여왕이 안경을 쓰고 모자 장수를 매섭게 쏘아보자 모자 장수는 얼굴이 하얗게 질려 안절부절못했다.

왕이 말했다.

"겁내지 말고 증거를 대거라. 그렇지 못하면 지금 당장 처형할 것이다!"

하지만 이 말은 모자 장수를 더 겁나게 했다.

모자 장수는 발을 구르며 불안한 기색으로 여왕의 눈치를 살피더니 버터 바른 빵을 먹는다는 게 너무 긴장해서 그만 찻잔을 깨물고 말았다.

그때 앨리스는 묘한 기분이 들었는데 그 이유를 알아차리기까지 한참을 어리둥절해 있었다. 앨리스의 몸이 다시 커지고 있었던 것이었다.

처음 이 사실을 알고 앨리스는 법정을 빠져나가야겠다고 생각했다. 하지만 다시 생각을 바꿔 가능하면 더 남아 있기로 마음을 바꾸었다.

"그렇게 밀치지 좀 마! 숨을 쉴 수 없잖아."

옆자리에 있던 겨울잠쥐가 투덜거렸다.

앨리스는 최대한 상냥하게 말했다.

"저도 어쩔 수가 없어요. 키가 커지는 중이거든요."

"이 법정에선 키가 클 권리 따윈 없어!"

겨울잠쥐가 말했다.

앨리스가 용기를 내어 대꾸했다.

"그건 말도 안 되는 소리예요. 당신도 조금씩 크고 있잖아요."

"그래, 하지만 난 너처럼 터무니없지 않아. 정상적으로 크고 있다고!"

겨울잠쥐는 이렇게 말하고는 화가 난 얼굴로 자리에서 일어나 반대쪽으로 가 버렸다.

이제까지 모자 장수를 매섭게 노려보던 여왕이 겨울잠쥐가 자리를 떠나 반대편으로 가는 순간 병사를 불러 명령을 내렸다.

"지난 음악회에서 노래를 불렀던 가수들의 명단을 가져오너라!"

가엾은 모자 장수는 그 소리에 놀라 벌벌 떨었는데 급기야는 신고 있던 신발 두 짝이 모두 벗겨질 지경이었다.

"증거를 대라! 그렇지 않으면 네가 떨든 말든 처형할 것이다!"

왕이 화난 목소리로 다시 말했다.

그러자 모자 장수가 벌벌 떨며 말했다.

"폐하! 저를 불쌍히 여겨 주소서! 다과회는 일주일도 채 하지 않았습니다. 이렇게 얇아진 버터 바른 빵과 반짝거리는 차는……."

"뭐가 반짝 빛난다는 말이냐?"

왕이 물었다.

"그건 차(tea)로 시작하는 말입니다."

모자 장수가 대답했다.

"물론 반짝 빛나는 것은 티(T)로 시작하지. 넌 내가 바보인 줄 아느냐! 증언을 계속하라!"

왕이 퉁명스럽게 말했다.

모자 장수가 다시 말을 이었다.

"불쌍히 여겨 주소서! '그 후로 모든 것이 반짝거렸다.'고 3월 토끼가 말했……."

"전 아무 말도 하지 않았어요."

3월 토끼가 황급히 말했다.

모자 장수가 말했다.

"네가 그렇게 말했잖아!"

다시 3월 토끼가 말했다.

"아니야!"

"3월 토끼가 말하지 않았다고 하니, 그건 생략하도록 해라."

왕이 말했다.

"어쨌든, 겨울잠쥐가 말하기를……."

모자 장수는 말을 계속하면서도 내심 겨울잠쥐도 아니라고 할까 걱정이 되어 그를 바라보았다. 그러나 겨울잠쥐는 이미 깊은 잠에 푹 빠져 있던 터라 아무 말도 하지 않았다.

"그런 다음에 버터 바른 빵을 좀 더 잘랐는데……."

모자 장수가 말을 계속하자 한 배심원이 물었다.

"그런데 겨울잠쥐가 뭐라고 했나요?"

"기억나지 않는데요."

모자 장수가 대답했다.

왕이 엄하게 말했다.

"기억해 내거라. 그렇지 않으면 당장 처형할 테다!"

가여운 모자 장수는 찻잔과 빵을 떨어뜨리고 무릎을 꿇으며 간절히 말했다.

"불쌍히 여겨 주소서! 폐하!"

"너는 참 말주변도 없구나. 그것이 더 불쌍하구나!"

왕이 말했다.

그때 기니피그 한 마리가 환호성을 질렀는데 법정 경위들이 즉각 진압했다. (진압 과정을 설명하자면 경위들이 기니피그의 주둥이를 끈으로 묶고 큰 자루 속에 머리부터 집어넣은 다음 그 자루 위에 앉았다.)

앨리스는 생각했다.

'이런 장면을 직접 보게 될 줄은 몰랐어. 신문 기사에 종종 재판이 끝날 무렵 약간의 소란이 있었지만 경위들에 의해 즉각 진압되었다고 하는 걸 보긴 했지만 말이야. 그 말이 무슨 뜻인지 이제야 알게 됐잖아.'

왕이 이어 말했다.

"네가 알고 있는 게 그게 다라면 그만 증인석에서 내려가도 좋다."

모자 장수가 말했다.

"더 이상 내려갈 수가 없어요. 지금도 거의 바닥에 서 있거든요."

왕이 다시 말했다.

"그러면 자리에 앉아라."

그때 또 다른 기니피그가 환호성을 질렀지만 곧 진압되었다.

'이제 기니피그들이 다 진압되었으니 재판이 제대로 진행되겠다.'

앨리스는 생각했다.

가수들의 명단을 보고 있는 여왕을 걱정스러운 표정으로 바라보던 모자 장수가 말했다.

"전 우선 차를 마저 마시는 게 좋을 것 같은데요."

왕이 말했다.

"그래, 이제 가도 좋다!"

왕의 말이 끝나기가 무섭게 모자 장수는 신발도 제대로 신지 않고

서둘러 법정을 빠져나갔다.

"저놈의 목을 쳐라!"

여왕이 집행관에게 말했다. 모자 장수는 이미 사라지고 없었다.

"다음 증인을 세워라."

왕이 명령했다.

다음 증인은 공작 부인의 요리사였다.

앨리스는 요리사가 법정에 들어서기 전부터 사람들이 재채기를 하는 것을 보고 다음 증인이 누구인지 짐작할 수 있었다. 요리사는 한 손에 후추 통을 들고 있었다.

왕이 말했다.

"증언하라!"

"증언할 수 없습니다."

요리사가 말했다.

왕은 당황하며 흰 토끼를 바라보았다.

흰 토끼가 낮은 목소리로 말했다.

"폐하! 더 엄하게 심문하셔야 합니다."

왕이 조금 머뭇거리며 말했다.

"그래, 그렇게 해야 한다면 할 수 없지."

그러고는 눈이 보이지 않을 정도로 눈살을 찌푸리고 엄한 목소리로 물었다.

"타르트는 무엇으로 만들었느냐?"

"후추로 만듭니다."

요리사가 말했다.

그때 요리사 뒤에서 누군가가 졸린 목소리로 말했다.

"당밀이요."

여왕이 소리쳤다.

"저 겨울잠쥐를 잡아라! 겨울잠쥐의 목을 쳐라! 법정 밖으로 끌어내라! 꼼짝 못하도록 진압해라! 꼬집어라! 수염을 뽑아 버려라!"

한동안 겨울잠쥐를 쫓아내느라 법정은 아수라장이 되었다.

그리고 법정이 안정을 되찾았을 때는 요리사가 어디론가 사라지고 보이지 않았다.

한시름 놓은 왕이 말했다.

"신경 쓰지 말라! 다음 증인을 세워라!"

그러고는 여왕에게 아주 작은 소리로 속삭였다.

"여보! 다음 증인의 심문은 당신이 하구려. 난 머리가 너무 아파요."

앨리스는 흰 토끼가 명단 살피는 것을 지켜보았다.

앨리스는 호기심이 발동해 나음 증인이 누구'인지 매우 궁금해하며 혼잣말로 중얼거렸다.

"증언다운 증언은 아직 못 들었는데……."

그때 흰 토끼가 가늘고 날카로운 목소리로 '앨리스'를 외쳤을 때 앨리스가 얼마나 놀랐을지 상상해 보라.

12. 앨리스의 증언

앨리스가 놀란 목소리로 대답했다.

"여기예요!"

너무 당황한 앨리스가 몇 분 사이 자신이 얼마나 커졌는지 잊은 채 허둥지둥 일어서는 바람에 앨리스의 치맛자락에 걸려 배심원석이 뒤집혔고, 배심원들은 방청객들의 머리 위로 곤두박질치고 말았다. 그 모습을 보자 일주일 전 실수로 금붕어 어항을 엎지른 일이 떠올랐다.

"어이쿠, 죄송해요!"

당황한 앨리스는 큰 목소리로 외쳤다. 그리고 재빨리 배심원들을 다시 집어넣기 시작했다. 금붕어 사건이 계속 떠올랐기 때문에 어서 빨리 배심원들을 원래 자리에 놓지 않으면 죽을지도 모른다는 생각이 들었다.

"배심원들이 모두 제자리에 앉기 전에는 재판을 진행할 수 없다."

왕은 근엄한 목소리로 힘주어 말하며 앨리스를 매서운 눈초리로 노려보았다.

앨리스가 배심원석을 바라보다 서두르는 바람에 도마뱀을 뒤집어 놓았다는 것을 알아차렸다. 불쌍한 도마뱀은 옴짝달싹 못하고 꼬리만

처량하게 흔들어 댔다. 앨리스는 얼른 도마뱀을 바로 놓으며 중얼거렸다.

"어차피 뒤집어 앉든 바로 앉든 재판과 상관없기는 마찬가지야."

배심원들은 다시 정신을 차리고 석판에 부지런히 기록하기 시작했다.

그러나 도마뱀은 정신을 차리지 못하고 입을 벌린 채 천장만 바라보고 있었다.

왕이 앨리스에게 물었다.

"이 일에 관해 알고 있는 것이 있느냐?"

"아니요, 전 아무것도 몰라요."

앨리스가 대답했다.

왕이 다그치며 물었다.

"전혀 모른단 말이냐?"

"네, 전혀 몰라요."

앨리스가 대답했다.

왕은 배심원들을 돌아보며 이렇게 말했다.

"아주 중요한 말이군."

배심원들이 석판에 말을 받아 적으려는데 흰 토끼가 끼어들며 말했다.

"폐하의 말씀은 그러니까 중요하지 않다는 뜻이겠지요?"

토끼가 얼굴을 잔뜩 찌푸린 채 조심스레 묻자 왕이 얼른 말을 바꿔 대답했다.

"아, 그래 맞아. 중요하지 않다는 뜻이지."

그러고는 어떤 말이 좋을지 고민하듯 작은 소리로 중얼거렸다.

"중요하다, 중요하지 않다, 중요하다, 중요하지 않다……."

어떤 배심원들은 '중요하다.'라고 쓰기도 했고, 또 어떤 배심원들은 '중요하지 않다.'라고 쓰기도 했다. 배심원들 가까이 있어 석판을 들여

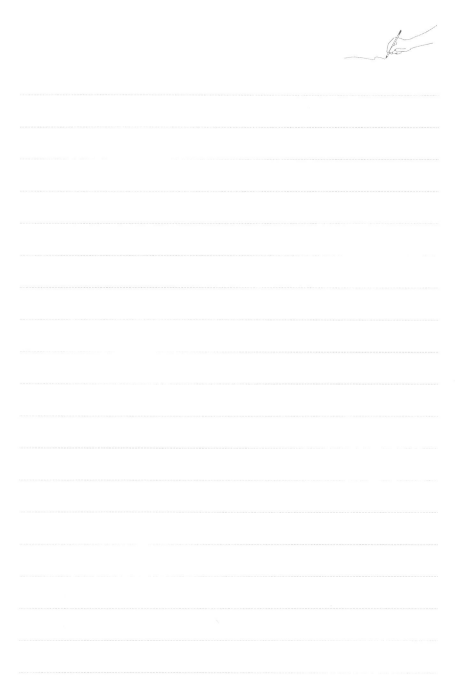

다볼 수 있었던 앨리스는 생각했다.

'이거나 저거나 도대체 무슨 차이가 있는지 모르겠네.'

그때 공책에 무언가를 열심히 기록하던 왕이 말했다.

"조용하시오! 규정 제42항, 키가 1마일이 넘는 사람은 법정에 설 수 없다."

그 순간 모든 시선이 일제히 앨리스에게 향했다.

"전 1마일이 되지 않는걸요."

앨리스가 말했다.

여왕이 말했다.

"거의 2마일은 되는데."

"어쨌든 저는 나가지 않을 거예요. 그 법칙은 지금 만들어 낸 것이 잖아요!"

앨리스가 대꾸했다.

왕이 말했다.

"이건 책에 있는 것 중에서 가장 오래된 법칙이야."

"그렇다면 규정 제1항에 있어야 하는 거 아닌가요?"

앨리스가 따져 물었다.

왕의 얼굴이 하얗게 질리더니 서둘러 책을 덮었다. 그러고는 배심 원들을 향해 조금 떨린 목소리로 나지막이 말했다.

"평결을 내려라."

그때 흰 토끼가 펄쩍 뛰며 말했다.

"폐하! 아직 증거가 남아 있습니다. 방금 이 종이를 발견했습니다."

여왕이 물었다.

"거기에 뭐라고 적혀 있느냐?"

흰 토끼가 말했다.

"아직 열어 보진 않았으나 죄인이 쓴 편지 같습니다."

왕이 말했다.

"틀림없이 그렇겠구나. 누군가에게 쓴 게 아니라면 그것이야말로 이상한 일이지."

한 배심원이 물었다.

"누구한테 보내는 건가요?"

흰 토끼가 말했다.

"누구한테 보내는지는 쓰여 있지 않습니다. 편지의 겉에는 아무것도 보이지 않습니다."

흰 토끼가 종이를 펼치며 이어 말했다.

"편지가 아니고 시구절입니다."

또 다른 배심원이 물었다.

"죄수의 필체가 분명합니까?"

"아닙니다. 그런데 그 점이 정말 이상하네요."

흰 토끼가 대답했다. (배심원들 모두 어리둥절한 표정을 지었다.)

"그렇다면 분명 다른 사람의 글씨를 흉내 낸 것이겠지."

왕이 말했다. (배심원들의 얼굴이 한층 밝아졌다.)

카드 잭이 말했다.

"폐하! 저는 정말 쓰지 않았습니다. 제가 썼다는 증거가 어디 있습니까? 제 서명도 없지 않습니까!"

"서명을 하지 않았다면 더 큰 죄다! 나쁜 속셈이 없었다면 정직하게 서명을 했을 게 아니냐!"

갑자기 박수갈채가 쏟아졌다. 그날 왕이 처음으로 현명한 말을 했

기 때문이었다.

"유죄가 입증되었다."

여왕이 말했다.

"그런 것이 증거가 될 수는 없어요. 무슨 글이 쓰여 있는지 내용도 알지 못하잖아요."

앨리스가 말했다.

"그럼 일단 읽어 보거라."

왕이 말했다.

흰 토끼가 안경을 쓰며 물었다.

"폐하! 어디서부터 읽을까요?"

"처음부터 끝까지 읽어라."

왕이 근엄하게 말했다.

흰 토끼가 다음과 같이 읽어 내려갔다.

그들은 네가 그녀에게 갔고

그녀에게 내 얘기를 했다고 말했네.

그녀는 나에 대해 칭찬했지만

나더러 수영은 못 한다고 말했네.

그는 내가 떠나지 않았다고 그들에게 말했네.

(우리는 그것이 사실이라는 것을 안다네.)

그녀가 그 문제를 계속해서 들먹이면

당신은 어떻게 될까?

내가 그녀에게 하나를 주었고

그들이 그에게 두 개를 주었네.

너는 우리에게 세 개 이상을 주었네.

그들은 그에게 갔던 것들을 네게 전부 돌려주었네.

그것들이 전에는 다 내 것이었네.

나 또는 그녀가 이 일에 끼어든다면

그는 네가 그들을 풀어 줄 거라고 믿겠지.

우리가 예전에 그랬던 것처럼.

내 생각으로는 네가

(그녀가 그토록 발작을 일으키기 전에는)

그와 우리, 그리고 그것들 사이의

장애물이었네.

그녀가 그것들을 가장 좋아했다는 사실을

그에게 알리지 마.

왜냐하면 이것은 다른 사람들은 모르는

너와 나만의 비밀이니까.

"이제껏 들은 것 중 가장 중요한 증거로구나. 이제 배심원들은……."
왕이 손뼉을 치며 말했다.

앨리스가 말했다. (앨리스는 키가 많이 커져 있었으므로 왕의 말 중간에
끼어드는 것도 전혀 두렵지 않았다.)

"이 시를 설명할 수 있는 사람이 있다면 6펜스를 주겠어요. 제가 보
기에 이 시는 아무런 뜻도 없는 것 같아요."

배심원들은 앨리스의 말을 석판에 써 내려갔다.

'그녀는 이 시가 아무런 뜻도 없다고 생각한다.'

그러나 아무도 시에 대해 설명하려 하지 않았다.

왕이 말했다.

"이 시가 아무런 뜻이 없다면 더 이상 의미를 찾지 않아도 되니 수
고를 덜었구나. 하지만 아직 모르는 일이야."

왕은 무릎 위에 시를 펼쳐 두고 한쪽 눈으로 유심히 들여다보며 말
했다.

"내가 보기엔 무슨 뜻이 숨어 있는 것 같아. '나더러 수영은 못 한다고 말했네.' 특히 이 부분이 말이야. 너! 수영할 줄 모르지?"

잭이 슬픈 표정으로 머리를 흔들며 말했다.

"제가 수영을 할 수 있을 것처럼 보이십니까?"(카드 잭은 온몸이 종이로 만들어져 있기 때문에 당연히 수영을 할 수 없었다.)

"좋아. 지금까지는 문제가 없어."

왕은 다시 시를 보며 중얼거렸다.

"'우리는 그것이 사실이라는 것을 안다네.'

이 구절에서 우리는 배심원을 말하는 것이고,

'그녀가 그 문제를 계속해서 들먹이면.'

이것은 여왕을 얘기하는 거야.

'당신은 어떻게 될까?'

그렇지!

'내가 그녀에게 하나를 주었고 그들이 그에게 두 개를 주었네.'

흠, 그래 저 녀석이 타르트를 훔친 범인임을 나타내는 구절이 틀림없어."

앨리스가 말했다.

"하지만 '그들은 그에게 갔던 것들을 네게 전부 돌려주었네.'라고 하잖아요."

354

"저기, 저게 안 보이나?"

탁자 위에 놓인 타르트를 가리키며 왕이 말했다.

"그래, 저기 있군. 저것만으로도 증거는 충분해. 그럼 계속해 보지. 그런데 '그녀가 그토록 발작을 일으키기 전에는'이라고 쓰여 있는데, 여보, 당신이 발작을 일으킨 적은 없지 않소?"

왕이 여왕에게 말했다.

"결코 그런 적 없어요."

여왕이 화를 내며 도마뱀 빌에게 잉크병을 내던졌다. (불쌍한 도마뱀 빌은 석판에 손가락으로 글을 쓰는 것도 그만두고 있던 차에 잉크가 얼굴로 흘러내리자 그 잉크로 다시 기록을 시작했다.)

"그래요. 그렇다면 이 구절은 당신하고 어울리지 않는구려."

왕이 미소를 머금은 얼굴로 법정을 둘러보며 말했다. 법정 안은 순식간에 조용해졌다.

"농담한 것이다."

왕이 성난 목소리로 덧붙였고, 그제야 모두 웃음을 터뜨렸다.

왕이 그날 하루만 스무 번은 외쳤던 말을 했다.

"평결을 내려라!"

"아니, 아니야. 선고를 먼저 내리고 평결은 나중이야!"

여왕이 소리쳤다.

"선고를 먼저 내리다니 말도 안 돼요!"

앨리스가 큰 소리로 외쳤다.

"입 다물어!"

여왕의 얼굴이 붉으락푸르락 달아올랐다.

"싫어요!"

앨리스가 대꾸했다.

"저 애의 목을 쳐라!"

화가 난 여왕이 목청 높여 소리를 질렀다. 그러나 아무도 움직이지 않았다.

앨리스가 말했다.

"당신 말에 누가 신경이나 쓰겠어요? 겨우 종이 카드인 주제에!"

(이제 앨리스는 본래의 키로 돌아와 있었다.)

이 말과 동시에 모든 카드가 공중으로 날아오르더니 앨리스 머리 위로 쏟아져 내렸다. 앨리스는 놀라 소리를 지르며 손으로 카드를 막으려고 하다가 문득 자신이 언니의 무릎을 베고 언덕 위에 누워 있었다는 사실을 알아차렸다. 언니는 앨리스의 얼굴 위로 떨어져 내린 낙엽을 살며시 쓸어내리고 있었다.

언니가 말했다.

"이제 그만 일어나! 앨리스. 무슨 잠을 이리도 오래 자는 거니?"

"아! 정말 이상한 꿈이야!"

앨리스는 언니에게 이상한 꿈 이야기를 기억나는 대로 이야기했다.

언니는 앨리스에게 입을 맞추며 말했다.

"정말 이상한 꿈이구나! 이제 차를 마시러 가야 할 시간이야. 시간이 늦었어. 뛰어!"

앨리스는 일어나 달리며 생각했다.

'정말 이상한 꿈이었어.'

하지만 언니는 앨리스가 일어나 간 뒤에도 턱을 괴고 지는 해를 바라보며 그 자리에 앉아 있었다. 그리고 귀여운 동생 앨리스와 앨리스의 이상한 나라 이야기를 생각하다 자신도 모르게 꿈속으로 빠져들었다.

처음에는 동생 앨리스의 꿈을 꾸었다. 앨리스는 깍지 낀 작은 손으로 언니의 무릎을 껴안고 눈을 반짝이며 언니를 바라보았다. 앨리스의 목소리가 생생히 들리고 얼굴로 흘러내린 머리를 넘기려고 머리를 살짝 흔드는 것이 보였다. 그리고 귀를 기울이자 앨리스의 꿈에 등장한 이상한 동물들이 마치 살아 움직이는 것처럼 그들의 소리가 귓가에 들렸다. 아니, 꼭 들리는 것만 같았다.

흰 토끼가 황급히 뛰어가자 길게 자란 풀들이 바스락거리는 소리가 났다. 그 소리에 깜짝 놀란 생쥐가 웅덩이를 찾아 뛰어들었다. 3월 토끼와 그의 친구들이 차를 마시느라 찻잔을 달그락거리는 소리가 나고 사형 선고를 쉴 새 없이 내리는 여왕의 날카로운 목소리도 들려왔다.

돼지가 된 아기가 공작 부인의 무릎에서 재채기를 해 댔고 그 주위에서는 접시들이 날아와 산산이 부서졌다. 그리핀이 외치는 소리, 도마뱀이 석판에 연필로 끽끽거리며 긁적이는 소리, 기니피그가 진압당하며 꺽꺽대는 소리, 가짜 거북이가 서글피 흐느끼는 소리가 주변을 가득 메웠다.

언니는 눈을 감고 앉아서 자신이 이상한 나라에 와 있는 게 아닌가 생각했다. 그러나 그녀는 눈만 뜨면 모든 것이 지루한 현실로 돌아간다는 것을 알고 있었다.

바스락거리는 풀잎 소리는 바람이 내는 소리이고 웅덩이가 일렁이는 것은 갈대가 흔들리기 때문이고 달그락거리는 찻잔 소리는 양 떼의 방울 소리일 테고 여왕이 외치는 소리는 양치기 소년의 목소리일 것이다. 아기의 재채기 소리, 그리핀의 외침과 다른 모든 소리는 바쁜 농장에서 들려오는 소리로 바뀔 것이리라. 가짜 거북이의 서글픈 느낌은 멀리서 들려오는 소 울음소리가 되겠지.

마지막으로 앨리스의 언니는 예쁜 숙녀로 자란 앨리스를 상상해 보았다. 아마 앨리스는 어린 시절의 순수함과 천진함, 그리고 사랑스러움을 그대로 간직하리라.

어린아이들을 모아 놓고 자신이 경험한 이상한 나라 이야기를 들려주며 아이들의 초롱초롱한 눈을 더 반짝이게 할 것이다. 또한 어린 시절의 행복한 여름날을 회상하며 아이들의 슬픔도 즐거움도 함께 나눌 것이다.

World Classic writing book **09**

필사의 힘

루이스 캐럴처럼 【이상한 나라의 앨리스】 따라쓰기

개정 1쇄 펴낸 날 2024년 4월 30일

원   작   루이스 캐럴
펴 낸 이   장영재
펴 낸 곳   (주)미르북컴퍼니
전   화   02)3141-4421
팩   스   0505-333-4428
등   록   2012년 3월 16일(제313-2012-81호)
주   소   서울시 마포구 성미산로32길 12, 2층 (우 03983)
이 메 일   sanhonjinju@naver.com
카   페   cafe.naver.com/mirbookcompany
S N S   instagram.com/mirbooks